इंसानी खामियां

इंसानी फितरत के अंधेरी गलियों में एक सफर

लेखक

उज्जवल दावना

UNPOETICLY PUBLICATIONS

"हमारे सबसे बड़े गुनाह वही होते हैं जिन्हें
हम आदत कहकर माफ़ कर देते हैं।"

उज्जवल दावना

प्रकाशन अधिकार

स्वीकृतियाँ

सबसे पहले, मैं अपने दिल की गहराइयों से अपने जीवन के दो सबसे महत्वपूर्ण लोगों का शुक्रिया अदा करना चाहता हूँ।

मेरी साथी, जयश्री बिस्वास, तुम्हारा साथ मेरी सबसे बड़ी ताकत रहा है। तुम्हारे प्यार, समझदारी, और सहयोग ने मुझे इस किताब को लिखने की हिम्मत दी। तुम्हारे बिना यह सफर अधूरा होता।

मेरे पिता, शील कुमार दावना, जिनके मार्गदर्शन और समर्थन ने मुझे हमेशा आगे बढ़ने का हौसला दिया है। आपकी शिक्षाएँ और जीवन के प्रति आपका नजरिया मेरे लिए एक हमेशा जलने वाला दीपक है, जिसने मेरे हर कदम को रोशन किया है।

समर्पण

यह किताब उन सभी के नाम, जो इंसानी खामियों की गहराइयों को समझना चाहते हैं।

उनके लिए, जो यह जानने का साहस रखते हैं कि हमारी कमजोरियाँ ही हमें इंसान बनाती हैं।
उनके लिए, जो यह समझते हैं कि हर खामी के पीछे एक कहानी छिपी होती है—एक दर्द, एक संघर्ष, और कभी-कभी एक उम्मीद।

इंसानी फितरत की जटिलताओं में झांकने वाले सभी जिज्ञासु मनुष्यों के नाम।

विषय सूची

प्रस्तावना

किसी भी कथा के पीछे, एक अनकही दास्तान छिपी होती है। यही दास्तान इंसानी फितरत की जटिलताओं और खामियों को उजागर करती है। इस पुस्तक में, मैंने उन खामियों की कहानियाँ संजोई हैं, जो हमारी पहचान का अनिवार्य हिस्सा हैं।

"इंसानी खामियां" उस यात्रा की दास्तान है जो आत्म-विश्लेषण और संवेदनशीलता की ओर ले जाती है। हर कहानी में, मैंने मानव स्वभाव के अंधेरे और चमकदार पहलुओं को छुआ है। ये कहानियाँ न केवल हमारी खामियों को उजागर करती हैं, बल्कि हमें उनके भीतर छिपे गहरे भावनात्मक और मनोवैज्ञानिक पहलुओं को समझने का भी अवसर देती हैं।

इन कहानियों में, आप पायेंगे प्रेम और पीड़ा की जटिलताएँ, विश्वास और विश्वासघात की कशमकश, और उन क्षणों की गहराई जो हमारे जीवन को आकार देते हैं। हर पन्ने पर, मैंने सच्चाई और संवेदनशीलता को जोड़ने की कोशिश की है, ताकि पाठक अपने भीतर की खामियों को पहचान सकें और उन्हें समझ सकें।

मैंने इस संग्रह को एक अन्वेषण के रूप में प्रस्तुत किया है, जिसमें प्रत्येक कहानी एक नए अनुभव का द्वार खोलती है। मेरा विश्वास है कि ये कहानियाँ आपके दिल को छूने के साथ-साथ, आपकी सोच को भी प्रभावित करेंगी।

इस पुस्तक की हर कहानी, इंसानी स्वभाव की अद्वितीयता और उसकी खामियों को परखने का एक प्रयास है। आप इस यात्रा में मेरे साथ शामिल हों और उन पहलुओं को खोजें, जो हमें और हमारे समाज को समझने में मदद करें।

उज्जवल दावना

1. दिल का टुकड़ा

उसने दरवाज़ा खोला। धुआँ अंदर घुस आया। बाहर एक आदमी बेंच पर बैठा बीड़ी सुलगा रहा था।

"देर रात गए घर आने की आदत नहीं जाती?" औरत ने बिना देखे कहा। आदमी ने बीड़ी का धुआँ बाहर फेंका। "कहते हैं, आदतें बदल जाती हैं, इंसान नहीं।

"तुम इंसान कब बने?"

आदमी हँसा। बीड़ी बुझाई और भीतर दाखिल हुआ। कमरे की रोशनी पीली थी, दीवारों पर जली हुई छापें थीं। मच्छरदानी एक कोने में लटकी थी, मगर अब उसे कोई ओढ़ता नहीं था।

"बच्चा सो गया?" आदमी ने पूछा।

"बच्चा?" औरत ने कड़वी हँसी, हँसी।

"तुम्हें याद है कि यहाँ कोई बच्चा भी है?"

आदमी ने जवाब नहीं दिया। उसने दीवार से टिककर आँखें मूँद लीं। बाहर सड़कों पर कुत्ते भौंक रहे थे, कहीं दूर से रेलगाड़ी की सीटी आई।

"मैंने किसी से पूछा था," औरत ने कहा, "कि औरत जब पहली बार माँ बनती है, तो कैसा महसूस करती है?"

"फिर?"

"उसने कहा, ऐसा लगता है जैसे दिल के एक टुकड़े को ज़िंदा देख रही हूँ।"

आदमी चुप रहा।

"मेरा दिल कहाँ गया?" औरत की आवाज़ में अजीब-सी तासीर थी, जैसे वो सवाल नहीं कर रही थी, बल्कि कुछ खो चुका हो।

आदमी ने बीड़ी का डिब्बा निकाला, फिर वापस रख दिया।

तभी अचानक, रात की चुप्पी को चीरते हुए एक चीख़ उभरी। वह आदमी चौंका। दरवाज़े के उस पार अंधेरा था। गली में लोग खड़े थे, कोई फुसफुसा रहा था।

"क्या हुआ?"

उसने नीचे देखा। सड़क गीली थी, मगर बारिश नहीं हुई थी। लाल छींटों के निशान गली के छोर तक फैले हुए थे।

"नाम क्या था?"

"नाम? नाम कोई नहीं पूछता।"

"कितनी उम्र थी?"

"उम्र? औरत की उम्र नहीं पूछी जाती।"

उसने गली के उस पार देखा। एक छाया दीवार के पीछे से गुज़री। आदमी के चेहरे पर कोई भाव नहीं आया। वह वापस मुड़ा और अपने दरवाज़े तक पहुँचा।

"तुमने क्या देखा?" औरत ने पूछा।

"कुछ नहीं।"

"झूठ मत बोलो।"

औरत ने उसे गौर से देखा। "तुम्हारी आँखें कहती हैं कि तुमने सब देखा है।"

आदमी चुप रहा।

सड़कें अब भी गीली थीं। सुबह की रोशनी अभी आई नहीं थी। चौक पर पुलिस खड़ी थी। एक बूढ़ा आदमी चादर ओढ़े एक कोने में बैठा था। उसके पास एक बच्चा था, शायद चार साल का।

" वह कौन है?"

"कोई नहीं जानता।"

"और बच्चा?"

"कहते हैं, उसकी माँ नहीं रही।"

आदमी ने बच्चे की ओर देखा। वह न रो रहा था, न हँस रहा था। उसकी आँखें ख़ाली थीं, जैसे वहाँ कोई अंदर से देख रहा हो, मगर उसे दुनिया से कोई मतलब न हो।

"मरती औरत का दूध सीने में उतर आता है—जैसे मौत को भी आख़िरी बार माँ कहने की तलब हो।"

"हूँ।"

"क्या सच है?"

आदमी ने जवाब नहीं दिया।

उसने बच्चे की तरफ़ देखा। फिर सड़क की ओर बढ़ गया।

रात के सन्नाटे में जब दरवाज़ा फिर खुला।

औरत ने आदमी को देखा। उसकी जेब में कागज़ का टुकड़ा था।

"क्या हुआ?"

"और कुछ कहने को है?"

आदमी ने कागज़ का टुकड़ा निकाला। वह हल्के गुलाबी रंग का था। उस पर काले अक्षरों में कुछ लिखा था।

"यह क्या है?"

"रिपोर्ट।"

औरत ने कागज़ ले लिया।

नाम: अज्ञात, शरीर पर चोट के निशान, उम्र: २२ साल।

औरत ने कागज़ नीचे रख दिया।

"तुम क्या कर रहे थे जब ये हुआ?"

आदमी ने कोई जवाब नहीं दिया।

भगवान ही जानता है "यह कब रुकेगा!"

आदमी ने बीड़ी सुलगाई।

गली के कोने पर वह बच्चा अब भी बैठा था, उसकी खाली आँखें जैसे उन दोनों के सच को देख रही थीं।

'शायद हमारा दिल वहीं रह गया,' औरत ने कहा, और दरवाजा बंद कर दिया।

2. गूँगे देवता

गली नंबर उन्नीस। दीवारों पर पोस्टर चिपके थे—गुमशुदा लोगों के, सस्ते इलाज के, और चुनावी वादों के। मकानों की खिड़कियों में कपड़े टंगे थे, जो हवा में नहीं लहराते थे। यहाँ हवा कम बहती थी, और साँसें ज्यादा भारी थीं।

सड़क किनारे एक छोटा सा मंदिर था। मंदिर में एक मूर्ति थी—पत्थर की, चुपचाप, आँखें खोलकर देखते हुए। लोग वहाँ आते, माथा टेकते, मन्नतें माँगते। कोई बच्चा नहीं हो रहा, कोई कर्ज़ में डूबा था, कोई नौकरी के लिए परेशान। सब अपनी आवाज़ छोड़कर चले जाते, मगर मूर्ति हमेशा गूँगी ही रहती।

रात में जब मंदिर के दरवाज़े बंद हो जाते, तब भी एक आदमी वहाँ बैठा रहता। उसकी आँखें भी मूर्ति जैसी थीं—खुली हुई, मगर सुनने की आदी नहीं। लोग उसे "पंडित जी" कहते थे, मगर वह कोई पंडित नहीं था। बस एक आदमी था, जो मंदिर के कोने में रहता था और जिसे लोग देखना पसंद नहीं करते थे।

"पंडित जी, प्रसाद लो।"

एक औरत ने उसे पुड़िया पकड़ा दी। उसके चेहरे पर हल्की मुस्कान थी, मगर आँखों में डर छिपा था। पंडित जी ने सिर हिलाया, मगर कुछ कहा नहीं।

औरत चली गई।

पास खड़ा एक आदमी हँस पड़ा, "बड़ा पुण्य कमाया है, पंडित जी?"

पंडित जी ने कोई जवाब नहीं दिया।

वह आदमी आगे बढ़ा, मंदिर की सीढ़ियों पेर चढ़ा और मूर्ति के सामने हाथ जोड़े। "हे भगवान! मेरी बेटी की शादी अच्छे घर में हो जाए।"

फिर उसने आँखें खोलीं। मूर्ति वैसी ही थी—गूँगी, बेबस।

वह आदमी प्रसाद लेकर चला गया।

पंडित जी वहीं बैठे रहे।

रात हुई। मंदिर बंद हो गया। गली खाली हो गई।

पंडित जी उठे, धीरे-धीरे मंदिर के भीतर गए और मूर्ति के सामने खड़े हो गए।

"कब तक चुप रहेगा?" उन्होंने फुसफुसाया।" तूझसे बेहतर तो मैं हूं कम से कम लोगों की सुनता तो हूं"

उन्होंने मूर्ति को छुआ, उसकी पत्थर की आँखों में झाँका। "तेरे नाम पर सब कुछ होता है, मगर तू कुछ नहीं करता?"

मूर्ति चुप।

पंडित जी हँस पड़े।

"अगर ईश्वर के पास ज़ुबान नहीं थी, तो इंसानों के पास ज़ुबान का क्या मतलब?"

उन्होंने एक गहरी साँस ली। फिर जेब से एक चाबी निकाली। मंदिर के पिछले दरवाज़े का ताला खोला और बाहर निकल गए। गली अंधेरी थी। पंडित जी चुपचाप चलते रहे। तीन मोड़ पार करने के बाद वह एक छोटे से घर के सामने रुके।

दरवाज़ा खुला था।

अंदर रोशनी कम थी। एक कोने में एक लड़की बैठी थी—घुटनों में सिर दबाए, काँपती हुई।

"सब ठीक?" पंडित जी ने पूछा।

लड़की ने सिर उठाया। उसकी आँखें लाल थीं, होंठ फटे हुए। उसने धीरे से सिर हिलाया।

"आज भी आया था?"

लड़की ने फिर सिर हिलाया।

पंडित जी ने गहरी साँस ली। "कहा था ना, बोल दे किसी को?"

लड़की ने कोई जवाब नहीं दिया।

"कोई नहीं सुनेगा?"

उसने धीरे से सिर हिला दिया।

पंडित जी चुपचाप बैठ गए। दीवार से पीठ टिकाई और छत की ओर देखने लगे।

"भगवान भी नहीं सुनेगा?" उन्होंने फुसफुसाया। लड़की ने उनकी तरफ़ देखा।

सुबह मंदिर खुला। लोग आए। प्रसाद चढ़ा।

"पंडित जी कहाँ हैं?" किसी ने पूछा।

"नज़र नहीं आ रहे?"

मंदिर के अंदर देखा। बाहर देखा। कहीं नहीं।

"शायद रात में ही चले गए," किसी ने कहा।

मगर मंदिर की मूर्ति—जो हमेशा गूँगी रहती थी—आज उसके होठों पर कुछ खरोंच के निशान थे। मानो कुछ कहने की कोशिश कर रही हो।

लोगों ने ध्यान नहीं दिया।

वे अपनी मन्नतें माँगते रहे।

और मूर्ति चुपचाप देखती रही।

3. बंद कमरे का आदमी

मैं विष्णु शर्मा हूँ। रेलवे डिविज़न का क्लर्क। बीस साल से एक ही कुर्सी पर बैठता हूँ। कभी देर से नहीं आता, कभी जल्दी नहीं जाता। मेरी ज़िंदगी एक घड़ी की सुई है — बस घूमती रहती है, कहीं पहुँचती नहीं। लखनऊ का यह सरकारी क्वार्टर मेरा घर है। बाहर से देखने पर कोई विशेषता नहीं — दीवारें सफेद, छत लाल, और आँगन में एक नीम का पेड़। इतने सारे घर एक जैसे हैं कि अगर नंबर न हो, तो कोई भी भटक जाए।

क्वार्टर नंबर 27-बी।

सब कहते हैं - "विष्णु बाबू बड़े सीधे हैं। कभी किसी से झगड़ा नहीं। हमेशा नियम से चलते हैं।"

आज ऑफिस में राघवन साहब ने मुझसे पूछा, "विष्णु जी, आपकी बेटी की पढ़ाई कैसी चल रही है?"

मैंने मुस्कुरा कर कहा, "बहुत अच्छी। पिछले साल प्रथम श्रेणी से पास हुई थी।"

झूठ।

"और अन्नपूर्णा जी कैसी हैं? उनका स्वास्थ्य ठीक है?"

"जी हाँ, बस थोड़ा बुखार था। अब ठीक हैं।"

दूसरा झूठ।

झूठ बोलना आसान है। डरावना तो तब होता है जब झूठ सच में बदलने लगता है। मेरे लिए अन्नपूर्णा और सुचेता अब भी जीवित हैं — बस कमरे में बंद हैं, जिसका ताला टूट चुका है।

शाम को जब मैं घर लौटा, तो सामने वाले क्वार्टर में रहने वाली मिसेज खन्ना ने हाथ हिलाकर मुझे रोक लिया।

"विष्णु जी, आपके घर से कल रात फिर वही आवाज़ आ रही थी। क्या आपने भी सुनी?"

मैं जानता था कि वह क्या सुन रही थी। लेकिन मैंने कंधे उचकाए, "शायद पाइप में हवा फँसी हो। मैं देख लूँगा।"

और जैसे ही मैं अपने घर का दरवाज़ा खोलता हूँ, वह आवाज़ बंद हो जाती है। क्योंकि वह मेरा इंतज़ार करती है। पाँच साल से।

1942 में जब सुभाष बाबू की आज़ाद हिंद फ़ौज की खबरें आ रही थीं, तब मेरे घर में एक अलग ही युद्ध छिड़ा था।

दूसरे साल की एक रात... जब बहुत तेज़ बारिश हो रही थी, मैं नींद में बड़बड़ा रहा था।

मेरे मुँह से नाम निकला — "सरिता..."

और मुझे आज भी याद है, उस अँधेरे कमरे से एक आवाज़ आई थी।

मैं काँप गया था।

मेरी आँखें खुली थीं... लेकिन दरवाज़ा बंद था।

"सरिता कौन है?"

मैंने कोई जवाब नहीं दिया। सिर्फ़ पसीने में भीगा चुपचाप पड़ा रहा।

उसके बाद कमरे से कई दिनों तक कोई आवाज़ नहीं आई। लेकिन मैं जानता था, वे जाग रही थीं। सब समझ रही थीं।

मैंने तब से उस नाम को कभी दोहराया नहीं।

मैं रोज़ दफ्तर जाता। शाम को लौटता। खाना बनाता। एक कमरे में सोता। और दूसरे कमरे का दरवाज़ा बंद रहता। मैंने कई बार दस्तक दी, लेकिन कोई जवाब नहीं मिला। मैंने सोचा — वे मुझसे नाराज़ हैं। ठीक है। वक़्त के साथ सब ठीक हो जाएगा।

एक हफ्ता... एक महीना... और फिर एक साल बीत गया।

मैंने फिर भी हिम्मत नहीं खोई। रोज़ उस कमरे के सामने खाना रखता। सुबह उठकर देखता, तो खाना जस का तस होता। पर कोई बात नहीं। वे भूखी तो नहीं रह सकतीं। ज़रूर चुपके से रात में बाहर निकलकर कुछ खा लेती होंगी।

मैंने ऑफिस में छुट्टी ली और पूरे दिन घर के बाहर छिपकर निगरानी की। दरवाज़ा नहीं खुला। फिर और छुट्टियाँ लीं। फिर भी, कोई बाहर नहीं आया।

हो सकता है, वे खिड़की से निकलती हों?

मैंने सभी खिड़कियों पर ताले लगा दिए। फिर भी, कमरे से आवाज़ें आती रहीं।

दो साल बीत गए।

"विष्णु जी, आपने कभी सोचा नहीं कि अपनी पत्नी और बेटी को दफ्तर में मिलने के लिए लाएँ?" मैनेजर साहब ने एक दिन पूछा।

"जी... वे शर्मीली हैं।"

"अब इतने साल हो गए... हमने कभी देखा ही नहीं उन्हें!"

मैंने फोटो दिखाई — एक पुरानी तस्वीर, जिसमें अन्नपूर्णा साड़ी में थीं और छह साल की सुचेता उनकी गोद में।

वे मुस्कुराए।

"अरे, तो आपकी बेटी अब बड़ी हो गई होगी!"

"जी हाँ... अब वह सोलह की है।"

मैंने सुचेता की एक नई तस्वीर बनवाई — एक स्टूडियो में जाकर एक लड़की की तस्वीर खरीदी और कहा, "यह मेरी बेटी है।"

किसे क्या पता?

तीसरे साल, मैंने हिम्मत की और उस कमरे का ताला तोड़ा।

अंदर अँधेरा था। खिड़कियाँ अख़बारों से ढकी थीं। फर्श पर धूल की परत थी। पलंग पर चादर फटी हुई थी। कोई आदमी का निशान नहीं था।

"अगर कोई आदमी पाँच साल तक किसी से बात न करे — तो क्या वो अब भी आदमी कहलाता है?"

"अन्नपूर्णा? सुचेता? तुम कहाँ हो?"

सिर्फ़ सन्नाटा।

उस रात मैंने दरवाज़ा वापस बंद कर दिया और एक नया ताला लगा दिया।

चौथे साल, मुझे यकीन हो गया।

वे कमरे में हैं। वे मेरी आवाज़ सुनती हैं। वे मुझे देखती हैं। लेकिन वे मुझसे बात नहीं करना चाहतीं। उन्होंने मुझे माफ़ नहीं किया है।

मैंने दफ्तर से एक टाइपराइटर चुरा लिया और रात भर उस पर टाइप करता रहा — "मैं माफ़ी माँगता हूँ। मैं माफ़ी माँगता हूँ। मैं माफ़ी माँगता हूँ।" एक पूरी रील कागज़ भर दिया, और उसे कमरे के दरवाज़े के नीचे से सरका दिया।

सुबह, वह कागज़ गायब था।

मैंने टाइप करना जारी रखा। हर रात। हर कागज़ गायब हो जाता।

पाँचवें साल, मैंने दफ्तर के दोस्तों को बताया कि अन्नपूर्णा की मृत्यु हो गई है। मैंने एक छोटा सा अंतिम संस्कार भी किया। लोग आए। मेरे कंधे पर हाथ रखा। मुझे ढाँढस बँधाया।

आज मेरे रिटायरमेंट का दिन है। बीस साल की नौकरी पूरी हुई।

कल सुबह मुझे पेंशन मिलेगी। मैंने घर को साफ़ कर दिया है। एक अच्छा खाना बनाया है। अख़बारों में लिपटी मिठाई खरीदी है।

अब समय आ गया है।

आज मैं उस कमरे का दरवाज़ा खोलूँगा। मैं अन्नपूर्णा और सुचेता को बाहर ले आऊँगा।

और हम तीनों एक नई शुरुआत करेंगे।

दफ़्तर से मिले फूलों का गुलदस्ता लेकर मैं घर लौटा। चाबी निकाली और धीरे से उस कमरे का ताला खोला। दरवाज़े को धक्का दिया।

इस बार कमरा खाली नहीं था।

कुछ नहीं था। सिर्फ़ तकिये थे, कपड़ों से भरे हुए।

लेकिन मेरी टाइप की हुई सारी चिट्ठियाँ वहाँ रखी थीं — हज़ारों पत्रे, पाँच साल के पत्रे।

1942 में अन्नपूर्णा और सुचेता कभी भी मायके नहीं गई थीं। वे कहीं नहीं गई थीं।

अब मैं इस कमरे में बंद हूँ।

एक कमरे में, जिसका ताला टूट चुका है... लेकिन कभी खुलता नहीं।

दीवारों पर पुरानी अख़बारें चिपकी हैं — "ताकि आवाज़ बाहर न जाए"।

और मैं एक सवाल से घिरा हूँ: "अगर कोई आदमी पाँच साल तक किसी से बात न करे — तो क्या वो अब भी आदमी कहलाता है?"

जवाब है: नहीं।

वह एक बंद कमरे का आदमी बन जाता है।

हम तीनों — मैं, अन्नपूर्णा और सुचेता — अब एक ही हैं।

4. बूढ़ा सायबान

गली संकरी थी, इतनी कि साँस भी अटक जाए। हवा में नमक और सड़ांध का मिश्रण, जैसे कोई पुराना ज़ख्म हँस रहा हो। हरिया, सत्तर पार का बूढ़ा, लाठी टेकता हुआ चल रहा था। उसकी कमीज फटी हुई, पीठ झुकी हुई, और आँखें—वो आँखें जो कभी खेतों की हरियाली देखती थीं, अब बस धुंध और अंधेरा ढूँढती थीं। गली के कोने पर एक कुत्ता भौंका। हरिया रुका, उसने लाठी ज़मीन पर ठोंकी और बुदबुदाया, "चुप कर, नालायक। मैं अभी मरा नहीं।"

उसके हाथ में एक पुराना थैला था। प्लास्टिक का, फटा हुआ, जिसमें कुछ सूखी रोटियाँ और एक टूटी चप्पल पड़ी थी। हरिया की दुनिया अब यही थी —फटे थैले और सूखी रोटियों की। कभी वह गाँव का सरपंच था। लोग उसकी बात सुनते थे। आज उसकी आवाज़ को गली के कुत्ते भी नहीं सुनते। गली के आखिर में एक मकान था। लाल दरवाज़ा, दीवारों पर चुना, और खिड़की से झाँकती एक जोड़ी आँखें। हरिया ने दरवाज़े पर दस्तक दी। एक, दो, तीन। कोई जवाब नहीं। उसने फिर ठोंका। "कौन है?" अंदर से आवाज़ आई, तेज़, चिढ़ी हुई।

"मैं हूँ, बेटा। हरिया।"

दरवाज़ा खुला। उसका बेटा, गोपाल, बाहर निकला। चेहरा सख्त, आँखों में बेचैनी। "क्या चाहिए अब? फिर आ गए?"

हरिया ने थैला आगे बढ़ाया। "ये रोटियाँ ले आया हूँ। तेरे बच्चों के लिए।"

गोपाल ने थैला छीना, देखा, और फेंक दिया। "हमारे बच्चे ये कचरा नहीं खाते। जा यहाँ से।"

हरिया की आँखें सिकुड़ गईं। उसने कुछ नहीं कहा। लाठी उठाई और लौट पड़ा। गली फिर चुप हो गई, सिवाय कुत्ते के, जो अब चुपचाप उसे देख रहा था।

हरिया मंदिर के चबूतरे पर बैठ गया। रात हो चुकी थी। आसमान में चाँद था, लेकिन ऐसा लगता था जैसे वो भी हरिया से नज़रें चुरा रहा हो। उसने जेब से एक बीड़ी निकाली, सुलगाई, और धुआँ उड़ाया। धुएँ में उसकी जवानी नाचने लगी।

वो दिन जब खेतों में फसल लहलहाती थी। जब गोपाल छोटा था, और हरिया की गोद में बैठकर कहता था, "बाबूजी, मैं बड़ा होकर आपकी लाठी बनूँगा।" हरिया हँसता था। "बेटा, लाठी तो मैं हूँ। तू तो मेरा सायबान बनेगा।" सायबान—छाया, सुकून, वो जगह जहाँ इंसान थकान उतारता है।

अब वो सायबान कहाँ था? गोपाल की शादी हुई। बहू आई। फिर बच्चे। फिर हरिया बाहर निकाल दिया गया। "अब जगह नहीं है, बाबूजी," गोपाल ने कहा था। "आप गाँव लौट जाओ।" गाँव? वो गाँव जो अब सिर्फ़ यादों में बचा था। खेत बिक गए, घर ढह गया। हरिया शहर आया, गोपाल के पास। लेकिन गोपाल का घर उसका नहीं था।

बीड़ी खत्म हुई। हरिया ने उसे ज़मीन पर फेंका और कुचल दिया।

"सब जल जाता है," उसने बुदबुदाया। "खेत, घर, वादे।"

सुबह हुई। हरिया बाज़ार में था। लोग भाग रहे थे, चिल्ला रहे थे। दुकानों से मसालों की महक उठ रही थी। हरिया एक ठेले के पास रुका। ठेले वाला चाय बना रहा था। "एक चाय दे, भाई," हरिया ने कहा।

"पैसे हैं?"

हरिया ने जेब टटोली। दो सिक्के निकाले। "ये ले।"

चाय वाले ने सिक्के लिए और एक गिलास आगे बढ़ाया। हरिया ने चाय पी। गर्मी गले से नीचे उतरी, लेकिन दिल ठंडा रहा।

बाज़ार में एक औरत चीखी।

"चोर! चोर!" लोग दौड़े। हरिया ने देखा—एक लड़का भाग रहा था, हाथ में एक रोटी। भीड़ ने उसे पकड़ लिया। लातें पड़ीं, गालियाँ पड़ीं। हरिया चुपचाप देखता रहा। "क्या चोरी की उसने?" उसने चाय वाले से पूछा।

"एक रोटी। भूखा था शायद।"

हरिया की आँखें सिकुड़ गईं।

"भूख चोर बना देती है। और घरवाले भिखारी।"

चाय वाला हँसा।

"तुम भी तो भिखारी लगते हो, बूढ़े।"

हरिया ने गिलास पटका।

मैं भिखारी नहीं।

मैं बाप हूँ।

सब बाप भिखारी बन जाते हैं यहाँ,

चाय वाले ने कहा और दूसरी चाय बनाने लगा।

हरिया फिर गोपाल के घर पहुँचा। इस बार दरवाज़ा खुला था। अंदर से हँसी की आवाज़ें आ रही थीं। हरिया ने झाँका। गोपाल, उसकी बीवी, और बच्चे टीवी देख रहे थे। मेज़ पर समोसे, चाय, मिठाई। हरिया के पेट में गुड़गुड़ाहट हुई। उसने दरवाज़े पर लाठी ठोंकी।

गोपाल बाहर आया।

"फिर? अब क्या चाहिए?"

"बेटा, भूख लगी है।"

"तो बाज़ार जाओ। यहाँ कुछ नहीं है।"

"मैंने देखा, समोसे हैं अंदर।"

गोपाल का चेहरा लाल हो गया।

"तुम्हें क्या हक है यहाँ झाँकने का? जा यहाँ से, वरना पुलिस बुलाऊँगा।"

हरिया हँसा। सूखी, कड़वी हँसी।

"पुलिस? मुझे पुलिस से डराओगे? मैंने तुझे पाला है, गोपाल।"

"वो गलती थी," गोपाल ने कहा और दरवाज़ा बंद कर दिया।

हरिया बाहर खड़ा रहा। हवा ठंडी थी।

उसने लाठी उठाई और चल पड़ा।

हरिया नाले के पास बैठ गया। शहर का नाला—काला, बदबूदार, जहाँ सारी गंदगी बहती थी। वहाँ एक कुर्सी पड़ी थी, टूटी हुई। हरिया उस पर बैठ गया। सामने से एक लड़की गुज़री। उसने हरिया को देखा, नाक सिकोड़ी, और तेज़ी से चली गई।

हरिया ने नाले में झाँका। पानी नहीं, कीचड़ था। उसमें उसका चेहरा दिखा—झुर्रियाँ, सफेद दाढ़ी, खाली आँखें।

ये मैं हूँ, उसने बुदबुदाया।

"नाले का कीड़ा।"

तभी एक आवाज़ आई।

"ऐ बूढ़े, यहाँ से हट।"

हरिया ने देखा। एक सफाईवाला था, हाथ में झाड़ू। "क्यों?" हरिया ने पूछा।

"यहाँ गंदगी साफ करनी है। तू भी गंदगी है क्या?"
हरिया उठा।

"हाँ, शायद।"

वह चल पड़ा।

नाले की सड़ांध

उसके पीछे-पीछे चली।

रात गहरी थी। हरिया एक पुल के नीचे लेटा था। ठंड हड्डियों में चुभ रही थी। उसने थैला खोला। एक रोटी बची थी। उसने उसे सूँघा, फिर कुतरना शुरू किया। तभी एक छाया आई।

"कौन?"

हरिया ने पूछा।

"मैं।" गोपाल था।

हरिया चौंका।

"यहाँ क्या करने आया?"

"तुझे लेने। घर चल।"

हरिया ने रोटी नीचे रखी।

"क्यों? अब क्या चाहिए?"

"बच्चों को डर लग रहा है। कहते हैं दादाजी को भूत ले गया।"

हरिया हँसा। "भूत? मैं तो ज़िंदा हूँ।"

"चल ना," गोपाल ने कहा।

हरिया उठा। गोपाल के साथ चल पड़ा। रास्ते में उसने पूछा, "अब जगह हो गई घर में?"

"हाँ। तू चुपचाप रहेगा तो।"

गोपाल के घर में एक कोना था। अंधेरा, नम। वहाँ हरिया को रखा गया। एक चटाई, एक कंबल। "यहाँ सो," गोपाल ने कहा।

"खाना दे देंगे।"

हरिया ने कोने में देखा। दीवार पर मकड़ियाँ रेंग रही थीं। "ये मेरा सायबान है?" उसने पूछा।

"हाँ। अब चुप रह।"

रात को हरिया ने आवाज़ें सुनीं। बच्चे हँस रहे थे। बहू गाना गा रही थी। गोपाल टीवी चला रहा था। हरिया ने कंबल ओढ़ा और सोने की कोशिश की। लेकिन नींद नहीं आई। उसकी आँखों के सामने नाला नाच रहा था।

सुबह हुई। हरिया उठा। कोने में एक थाली थी—सूखी रोटी और पानी। उसने खाया। फिर बाहर निकलने की कोशिश की। दरवाज़ा बंद था। उसने ठोंका। कोई जवाब नहीं।

दिन बीते। हरिया कोने में पड़ा रहा। खाना आता, वह खाता। कभी-कभी बच्चे झाँकते, हँसते।

"दादाजी भूत जैसे लगते हैं," एक बच्चा बोला।

हरिया सुनता, चुप रहता।

एक रात, उसने कंबल में कुछ ढूँढा। बीड़ी थी, आखिरी। उसने सुलगाई। धुआँ उठा। उसने कोने की दीवार पर हाथ फेरा। सूखी लकड़ी थी। उसने बीड़ी दीवार से लगाई। आग पकड़ ली।

हरिया बाहर नहीं भागा। वह बैठा रहा। आग फैली। धुआँ फैला। घर में चीखें उठीं। गोपाल दौड़ा। "बूढ़े, क्या किया?"
हरिया मुस्कुराया। "अपना सायबान जलाया।"

आग बढ़ी। हरिया जल गया। घर जल गया। गोपाल, उसकी बीवी, बच्चे—सब बाहर निकले। लेकिन हरिया नहीं।

सुबह हुई। मलबे में हरिया की लाठी पड़ी थी।

"बूढ़े ने घर जला दिया। पागल था।"

"नहीं, वो बाप था।"

"बाप ऐसा नहीं करते?"

5. मांस की बू

कस्बे को बुझी हुई धूप में नहलाया गया था। कसाई के हाथ—मोटे, कठोर, नीली नसों से भरे—सान पर चाकू को धीरे-धीरे खींच रहे थे। आवाज़: धीमी, लयबद्ध, जैसे हड्डियां एक-दूसरे से रगड़ रही हों।

सड़क पर सन्नाटा था। न परिंदे, न गाड़ियां। सिर्फ हवा में लोहे की गंध।

वह बिना सोचे काम कर रहा था, उसके हाथ आदत से चल रहे थे। कमज़ोर धूप में चाकू चमक रहा था।

दुकान के दरवाजे पर एक पतला-सा लड़का नमूदार हुआ। उसकी पसलियां, फटी कमीज़ से झांक रही थीं। वह कसाई के हाथों को देखकर मंत्रमुग्ध हो गया था।

लड़के की मां ने उसे खींच लिया। "घूरो मत," वह फुसफुसाई, आवाज़ धूल जैसी सूखी।

कसाई ने नज़र नहीं उठाई। उसने काउंटर के नीचे से ताज़ा गोश्त का एक टुकड़ा उठाकर तख्ते पर रख दिया।

लड़के के नथुने फैल गए। उसका पेट गुर्राया। लेकिन गोश्त में कुछ... अजीब था। रंग। आकार।

उसने कुछ नहीं कहा। बस देखता रहा जैसे उसकी मां ने अपने आखिरी सिक्के थमा दिए। आखिरी जानवर के गायब होने के बाद भी कसाई की दुकान खुली रही।

लोग आते। खरीदते। खाते।

कोई नहीं पूछता कि गोश्त कहां से आता है। कोई जानना नहीं चाहता।

बाहर एक बूढ़ा आदमी फुसफुसाता है, "गोश्त, गोश्त होता है।" कोई और उसे चुप करा देता है।

लड़का अपनी मां को घर पर गोश्त काटते हुए देख रहा था । गोश्त से कुछ छोटा और सफेद गिरता है। एक नाख़ून।

उसकी मां उसे देखती है। फिर गोश्त को।

वह चाक़ू उठाती है। नाख़ून को काट कर अलग करती है। काटना जारी रखती है।

उस रात, लड़का खाता है। उसकी मां खाती है। पूरा कस्बा खाता है। कोई जंग के बारे में बात नहीं करता। कोई लोगों के बारे में बात नहीं करता।

भूख सब कुछ निगल लेती है—यादों समेत।

आधी रात। कसाई के दरवाज़े पर दस्तक होती है । वह दरवाज़ा खोलता है। एक सिपाही वहां मुस्कुराता खड़ा है।

काउंटर पर एक सोने का सिक्का गिरता है।

"जंग अभी ख़त्म नहीं हुई है," सिपाही कहता है। "और हमें तुम्हारे जैसे आदमी की ज़रूरत है।"

अगली सुबह, कस्बा भूखा जागता है।

लड़का खाली दुकान के पास से गुज़रता है। हवा में अभी भी गोश्त की बू है। कोई कसाई का ज़िक्र नहीं करता।

जंग जारी है।

लोग खाते रहते हैं।

घर में हमेशा उस गोश्त की गंध रहती थी। लड़का अपनी मां को देखता, जो हर रात इतनी थकी होती कि उसकी आँखें खाली हो जातीं। वो उन लोगों के बारे में सोचती थी जो जंग में गए थे। अपने पति के बारे में, जो सफ़ेद कपड़ों में एक सुबह चला गया था और फिर कभी वापस नहीं आया।

"खाओ," वह लड़के से कहती
"मत पूछो।"

लेकिन लड़का पूछता था, उसके दिमाग में सवाल उबलते थे, जैसे बीमार पेट में भोजन।

"मां," वह कहता है, "मैं आज रात खाना नहीं खाऊंगा।"

उसकी मां उसे घूरती है, उसके चेहरे पर कहीं डर है, कहीं समझ। "फिर तुम क्या खाओगे?"

लड़का घर से निकल जाता है। जंगल की तरफ जाता है, जहां से गांव के बड़े-बूढ़े कहते हैं कि कभी जानवर आते थे।

उधर सिपाही कस्बे में लौट आते हैं, और उनके साथ कसाई भी है। उसके हाथ अब और भी मोटे हैं, उसकी आँखों में वो चमक नहीं है जो पहले थी।

वे हर घर से एक व्यक्ति को लेते हैं। एक बहाने से—चुनाव, जांच, भर्ती।

वो लोग कभी वापस नहीं आते। फिर भी, कसाई की दुकान में गोश्त की कमी कभी नहीं होती।

लड़का अपनी मां से कहता है, "हमें यहां से जाना होगा।"

उसकी मां हँसती है, एक ख़ामोश, खोखली हंसी। "और कहां जाएंगे? हर कहीं जंग है।"

लड़का अपनी मां की आँखों में देखता है और वहां एक अजीब चमक देखता है, वही जो अब कसाई की आँखों में है।

"तुमने मुझे क्या खिलाया है?" वह पूछता है।

उसकी मां उसके चेहरे को सहलाती है। "जो सभी ने खाया है," वह कहती है। "वही जो हमें जिंदा रखता है।"

अगले दिन, कसाई अपनी दुकान नहीं खोलता। कोई दूसरा आदमी वहां है, हाथ में वही चाकू लिए। उसका चेहरा भिन्न है, लेकिन हाथ वही लगते हैं।

"आज क्या खरीदेंगे?" वह मुस्कुराता है, और लड़का देखता है कि उसके दांतों के बीच छोटे मांस के टुकड़े फंसे हैं। लड़का सिर्फ खड़ा रहता है, उसकी नब्ज़ कानों में धड़कती है।

"मेरी मां कहां है?" वह पूछता है।

कसाई और ज़ोर से मुस्कुराता है। "वह कल रात गई। जंग के लिए। हमें उसकी ज़रूरत थी।"

लड़का अपने पैरों को देखता है, जो अब ज़मीन पर जकड़े से लगते हैं।

"ये जंग कभी खत्म नहीं होगी, होगी न?" लड़का पूछता है।

कसाई अपना सिर हिलाता है। "कभी नहीं। लेकिन इससे क्या फर्क पड़ता है? लोग खाते हैं। और वे सवाल नहीं पूछते।"

"और ये काम तुम अकेले नहीं कर सकते?"

कसाई मुस्कुराता है, और उसके दांत चमकते हैं। "मैं बूढ़ा हो रहा हूं," वह कहता है। "हमें एक नए आदमी की ज़रूरत है। एक ऐसे आदमी जिसे सही चीज़ों का स्वाद हो।"

लड़का अपनी कलाई के अंदर की धड़कन महसूस करता है, हर दिल की धड़कन के साथ बढ़ती हुई भूख।

"मेरी मां कहां है?" वह फिर से पूछता है।

कसाई अपने काउंटर पर इशारा करता है। "वहां," वह कहता है। "और हर जगह। उसका एक हिस्सा तुम्हारे अंदर भी है।"

लड़का वापस घर लौटता है। जैसे ही वह अपने बिस्तर पर बैठता है, दरवाज़े पर दस्तक होती है।

वह दरवाज़ा खोलता है। वहां एक सिपाही खड़ा है।

"जंग अभी ख़त्म नहीं हुई है,

" सिपाही कहता है। "और हमें तुम जैसे लड़के की ज़रूरत है।"

अगले दिन, गली बदल गई—थोड़ी साफ, थोड़ी खामोश।

कसाई की दुकान खुलती है। नया आदमी वहां काम कर रहा है, उसके हाथ अभी छोटे और कमज़ोर हैं, लेकिन वे तेज़ी से सीख रहे हैं। चाकू को कैसे पकड़ना है। मांस को कैसे काटना है।

और आज, गोश्त ताज़ा है।

लोग आते हैं। वे खरीदते हैं। वे खाते हैं।

वे कभी नहीं पूछते। वे कभी नहीं जानना चाहते।

भूख सब कुछ निगल लेती है।

जंग कभी खत्म नहीं होती।

6. मिटता हुआ आदमी

गोविंद रोज की तरह उठा। सूरज से पहले। चौबीस साल से यही क्रम था। बिस्तर छोड़ा तो रूपा करवट लेकर सो गई। मोटी चादर के नीचे उसकी साँसें चलती रहीं, जैसे हमेशा चलती थीं।

आईने में देखा। हाथ से चेहरे को छुआ। अपना ही चेहरा था। पंचानवे दिन पहले भी यही चेहरा था। पिछले बीस साल से यही चेहरा था। पलकों के नीचे गहरे धब्बे, माथे पर दो लकीरें, ठोड़ी पर छोटा-सा निशान। जिस दाँत में दर्द था, वही दाँत अब भी दुख रहा था।

पुराने उस्तरे से दाढ़ी बनाई। बाप की देन थी। बूढ़े की मौत के बाद सिर्फ यही चीज़ बची थी उसके पास। धातु ने त्वचा को काटा। छोटी-सी खून की बूँद उभरी। अँगुली से पोंछ दी।

रसोई में दूध उबला। चाय बनी। चीनी के बिना, जैसे पिछले पंद्रह साल से पीता आया था। मीरा आँखें मलती हुई बाहर आई। दस साल की बेटी। बाल बिखरे, एक चोटी टूटी हुई।

"बाबूजी, परीक्षा है आज।"

गोविंद ने उसके सिर पर हाथ रखा। गर्म सिर, नरम बाल।

"तुम अच्छा लिखोगी।"

रूपा आई। सिलवटें वाली साड़ी। आँखों के नीचे वही गहरे धब्बे, जो गोविंद के चेहरे पर थे। शादी के बाद वे अलग-अलग थे। अब एक जैसे हो गए। जैसे एक ही थकान दोनों को खा रही हो।

"माँ का फोन था," रूपा ने कहा, जैसे हर दिन कहती थी।

"शाम को बात करूँगा," गोविंद ने कहा, जैसे हर रोज़ कहता था।

रोटी खाई। दाल पी। पानी पिया। झोला उठाया। घर से निकला। बीस साल से इसी तरह घर से निकलता था।

गली शांत थी। मकान नंबर बाईस के सामने बूढ़ा रोज़ तोते को पानी देता था। आज तोता था, बूढ़ा नहीं। मकान अठारह से जलेबी की मिठास आ रही थी। चौदह के बाहर मलिक साहब हमेशा अखबार पढ़ते मिलते थे।

"नमस्ते, मलिक साहब।"

मलिक ने अखबार से नज़र उठाई। अपनी मोटी चश्मे के शीशों के पीछे से देखा, जैसे किसी अजनबी को देख रहे हों।

"हाँ? क्या चाहिए?"

गोविंद ठिठका। ये आवाज़ वही थी जो पिछले पंद्रह साल से सुनता आया था, लेकिन लहजा बदला हुआ था - ठंडा, बेगाना।

"मैं... गोविंद... मैं यहीं रहता हूँ।"

"कौन गोविंद?" मलिक ने पूछा, और फिर अखबार में सिर डाल लिया। कोई फर्क नहीं पड़ा उन्हें।

गोविंद आगे बढ़ा। पान की दुकान पर रुका। रोज़ की आदत थी - एक गोल्ड फ्लेक। शाम की थकान के लिए। दस साल से यही सिगरेट पीता आया था।

"रामजी, वही पैकेट।"

दुकानदार ने उसे देखा, आँखें सिकोड़ीं, जैसे पहचानने की कोशिश कर रहा हो।

"कौन सा पैकेट साहब? और आप..."

"गोल्ड फ्लेक। मैं रोज लेता हूँ यहाँ से।"

रामजी की आँखों में कुछ नहीं था - न पहचान, न यादें, न रिश्ता। बीस साल से उसी दुकान से सिगरेट खरीदने के बावजूद, गोविंद सिर्फ एक अजनबी था।

"ये लीजिए, पैंतीस रुपये।"

गोविंद ने पैसे निकाले। रामजी के हाथ में रखे। उँगलियाँ काँप रही थीं। छाती के अंदर कुछ सिकुड़ने लगा था। चुप्पी के बीच इनकार का एक अजीब-सा शोर बढ़ रहा था।

फैक्ट्री में बारह साल। उसी गेट से रोज़ अंदर, उसी गार्ड के सामने से गुज़रते हुए। बाबू लाल खड़ा था, वही वर्दी पहने, वही मूँछें लिए।

"नमस्ते बाबू लाल-जी।" गोविंद ने आईडी कार्ड दिखाया।

बाबू लाल ने कार्ड देखा, फिर गोविंद को देखा।

"ये किसका कार्ड है?"

"मेरा। गोविंद श्रीवास्तव।"

बाबू लाल के चेहरे पर बदलाव आया। वह गुस्से से बजाय डर से भर गया। उसने वॉकी-टॉकी उठाई।

"सर, यहाँ एक आदमी है... हाँ सर... गोविंद श्रीवास्तव बन के आया है...."

गोविंद ने गेट के अंदर झाँका। दूर मशीन संख्या छह पर कोई खड़ा था। नीली वर्दी। पीठ सीधी। वही कंधों का झुकाव। वही सिर घुमाने का तरीका।

सुपरवाइज़र अनिल दौड़ता हुआ आया।

"क्या हो रहा है यहाँ?"

"ये आदमी..." बाबू लाल ने शुरु किया।

गोविंद ने अनिल की आँखों में देखा। उनमें कुछ नहीं था। दस साल की दोस्ती के बावजूद, कोई चिन्ह नहीं था।

"अनिल, पिछले हफ्ते साथ मशीन ठीक की थी हमने... तुम्हारी बेटी की शादी... मेरठ में..."

अनिल के चेहरे पर डर उभरा।

"सिक्योरिटी!" उसने कहा, "इस आदमी को हटाओ!"

गोविंद ने एक बार फिर अंदर देखा। वह आदमी अब पलट चुका था। दूर से भी गोविंद उसे देख सकता था। उसका चेहरा।

अपना चेहरा।

वह भागा, सिक्योरिटी वालों के शोर के बीच।

अपने ही घर के सामने गोविंद खड़ा था। चाबी हाथ में कसी हुई। उँगलियों ने धातु को छुआ जिसे उन्होंने पंद्रह साल से छुआ था। ताले में चाबी डाली।

चाबी घूमी नहीं।

फिर कोशिश की। फिर जोर दिया। फिर खींचा। ताला नहीं खुला। खिड़की से झाँका। रसोई के अंदर कोई था। आदमी। उसकी कमीज़ पहने हुए। उसकी पतलून पहने हुए। उसके बाल, उसकी चाल, उसके हाथ।

और चेहरा... गोविंद का चेहरा।

रूपा अंदर आई। उस आदमी के कंधे पर हाथ रखा। मुस्कुराई। गोविंद जानता था वह मुस्कुराहट। उसके लिए रखी थी वह, बीस साल से।

उसने खिड़की पर हाथ मारा। दोनों अंदर चौंके। रूपा ने घबराकर परदा खींचा।

गोविंद दरवाज़े पर भागा। ठोंकने लगा।

"रूपा! मैं हूँ! खोलो!"

दरवाज़ा खुला। सामने वही आदमी खड़ा था। नज़दीक से उस चेहरे को देखा गोविंद ने। अपने ही चेहरे को। हर एक झुर्री, हर एक तिल, हर एक छोटा-सा निशान।

दाहिनी आँख में वही लाली जो कल रात भी थी।"जी?" उस आदमी ने पूछा। उसकी आवाज़ भी गोविंद की थी। सिर्फ थोड़ी ताज़ी, थोड़ी मज़बूत।

रूपा पीछे से आई। कुछ पल गोविंद को देखा, फिर डर से उस आदमी के पीछे छिप गई। उसके चेहरे पर हैरानी थी, जैसे किसी अजनबी को देख रही हो।

"कौन हो तुम?" वह फुसफुसाई।

"रूपा," गोविंद ने कहा, आवाज़ टूटती हुई, "मैं हूँ... गोविंद... तुम्हारा..."

"मेरा पति अंदर है," रूपा ने कहा। उसकी आँखों में डर था, जैसे पागल से सामना हो रहा हो।

उस आदमी ने - गोविंद के चेहरे वाले आदमी ने - हाथ उठाया।

"देखिए, आप चले जाइए, वरना हमें पुलिस बुलानी पड़ेगी।"

"पर मैं गोविंद हूँ!" चीखा वह, "बीस साल से इसी घर में रहता हूँ! ये मेरी पत्नी है! मीरा मेरी बेटी है!"

अंदर से मीरा आई। स्कूल यूनिफॉर्म पहने हुए। उसके चेहरे पर डर था।

"पापा..." वह उस आदमी के पास गई, उसके पैर से चिपक गई।

गोविंद का दिल टूट गया। अपनी ही बेटी की आँखों में डर देखकर, वह भीतर से खोखला हो गया। शरीर से आत्मा निकल गई जैसे।

देखिए, जाइए यहाँ से,

" उस आदमी ने कहा, "अभी जाइए।

गोविंद ठहर गया। उस आदमी को देखा, जिसने उसकी पूरी ज़िंदगी चुरा ली थी। फिर रूपा को देखा। फिर मीरा को।

"रूपा," उसने धीरे से कहा, "तुम्हें याद है जब हम पहली बार मिले थे? रेलवे स्टेशन पर? तुम्हारी रेड साड़ी, काले बॉर्डर वाली? तुम्हारे हाथ में किताब थी?"

रूपा की आँखें फैलीं। उसने दूसरे आदमी की तरफ देखा, सवालिया निगाहों से।

वह आदमी बोला, "हम शादी में मिले थे, रूपा। तुम्हारी नीली साड़ी थी। तुम्हारे हाथ में फूलों का गुलदस्ता था।"

रूपा ने सिर हिलाया, "हाँ... नीली साड़ी... गुलदस्ता..."

गोविंद का दिल धड़का। "नहीं! रेड साड़ी! मैंने तुम्हें ट्रेन से उतरते देखा था!" रूपा का चेहरा पीला पड़ गया।

"नीली साड़ी थी," उसने कहा, अब मज़बूती से। "अब जाइए, वरना हम पुलिस को फोन करेंगे।" दरवाज़ा बंद हो गया। थाने में इंस्पेक्टर ने उसे देखा। आरपार देखा, जैसे वह काँच का बना हो।

"अपना नाम बताइए।"

"गोविंद श्रीवास्तव।"

"पता?"

"मकान नंबर 42, गली नंबर 7, दयालबाग।"

"आधार कार्ड? पहचान पत्र?"

गोविंद ने अपनी जेब टटोली। आईडी कार्ड निकाला। इंस्पेक्टर ने उसे देखा।

"ये कार्ड मान्य नहीं है। पिछले महीने के हमारे रिकॉर्ड में गोविंद श्रीवास्तव इस पते पर रहते हैं। लेकिन वह आप नहीं हैं।"

"वह मैं ही हूँ! मेरी जगह किसी और को रख दिया गया है!"

इंस्पेक्टर ने गोविंद को देखा। उस नज़र में हमदर्दी थी, जैसे किसी पागल को देख रहे हों।

"देखिए, आप अपने रिश्तेदारों को फोन करें। कहीं आपकी तबीयत तो ठीक नहीं?"

"मेरे रिश्तेदार! मेरी पत्नी मुझे नहीं पहचानती! मेरी बेटी किसी और को पापा कहती है!"

इंस्पेक्टर ने फोन उठाया। "मैं गोविंद श्रीवास्तव को फोन करता हूँ। वही बताएंगे कि सच क्या है।"

गोविंद ने फोन छीनने की कोशिश की।

दो सिपाही ने उसे पकड़ लिया।

"गोविंद साहब? हाँ, थाने से बात हो रही है। एक आदमी आपके नाम से आया है... हाँ, दावा कर रहा है कि वह असली गोविंद है... आप आ सकते हैं? अच्छा..."

इंस्पेक्टर ने फोन रख दिया। "वह आ रहे हैं। फिर पता चल जाएगा कौन सच बोल रहा है।"

गोविंद के पाँव के नीचे से ज़मीन खिसक गई। उस आदमी से फिर सामना होगा... उस आदमी से जिसने उसकी पूरी ज़िंदगी छीन ली थी।

बैंक. पड़ोसी. दोस्त. सब जगह यही कहानी थी। कोई नहीं पहचानता था उसे। हर जगह वह आदमी था - उसका नाम, उसका चेहरा, उसकी ज़िंदगी लिए हुए।

रात हुई। बारिश शुरू हुई। गोविंद बाज़ार के एक कोने में बैठ गया। उसके पास कुछ नहीं बचा था - न पहचान, न घर, न परिवार, न पैसे, न भविष्य।

उस रात उसने अखबार के नीचे सोने की कोशिश की। उसके सपनों में रूपा थी, मीरा थी, और वह आदमी था - जो अब गोविंद श्रीवास्तव था।

गोविंद ने तमाशा देखना शुरू किया। अपने ही घर के सामने खड़ा रहता, परदे के पीछे। इस दूरी से वह उस आदमी को देख सकता था, जो अब उसकी ज़िंदगी जी रहा था।

वह आदमी रोज़ सुबह चार बजे उठता था, जैसे गोविंद उठता था। वह उसी तरह दाढ़ी बनाता था, उसी तरह चाय पीता था। मीरा के साथ उसी तरह हँसता था।

लेकिन वहाँ अंतर थे।

वह आदमी ज़्यादा हँसता था। रूपा के साथ ज़्यादा बातें करता था। मीरा के स्कूल में मदद करता था। वह गोविंद से बेहतर गोविंद था।

सबसे कड़वी बात: रूपा खुश लगती थी। उसकी आँखों में एक नई चमक थी - जो गोविंद के साथ बीस साल में कभी नहीं आई थी।

उसने अपनी माँ को देखा था , बाज़ार में सब्ज़ी खरीदते हुए। उसने पुकारा, "माँ!"

उसकी माँ ने मुड़कर देखा, आँखें सिकोड़ीं, पहचानने की कोशिश की।

"जी? आप मुझे जानते हैं?"

गोविंद के शब्द गले में अटक गए। "मैं... मैं आपका..."

लेकिन माँ की आँखों में कुछ नहीं था - कोई पहचान नहीं, कोई यादें नहीं। बस एक अजनबी की सहानुभूति।

"माफ़ कीजिएगा," उसने कहा, "आप किससे मिलना चाहते हैं?"

"कोई नहीं," गोविंद ने कहा, धीरे से हटते हुए।

माफ़ कीजिएगा।

गलती हो गई।

7. कुत्ते की मौत

गली में दो सद्दाम थे।

एक कुत्ता, एक इंसान।

दोनों भूखे। दोनों बेनाम। दोनों का एक ही अंजाम। फर्क बस इतना था - कुत्ते को पता था कि वो कुत्ता है।

"भूख सबसे बड़ा धर्म है। बाकी सब फ़ैशन।"

यह कहकर नासिर ने बासी रोटी का टुकड़ा कुत्ते की तरफ़ फेंका। कुत्ते ने सूँघा, मुँह फेरा, चला गया।

"अबे सद्दाम! मेरी रोटी भी नहीं खाएगा?"

कुत्ता रुका। पीछे मुड़कर देखा। उसकी आँखों में कुछ था - शायद दया, शायद घृणा। नासिर हँसा। एक कड़वी, टूटी हुई हँसी।

"साले, तू भी जानता है कि भिखारी की रोटी में ज़हर होता है।"

ढाबे में बैठा आदमी सिगरेट के धुएँ से चेहरा छुपाए था। उसकी उँगलियों में सोने की अँगूठी चमक रही थी - वैसी ही जैसी नासिर के सपनों में चमकती थी।

"पाँच हज़ार," आदमी ने कहा।

नासिर की साँस रुक गई। उसने कभी इतने पैसे एक साथ नहीं देखे थे। हाँ, फ़िल्मों में ज़रूर देखे थे।

"अरे भाई, मैं डकैत नहीं हूँ कि इतने पैसे माँग रहा," नासिर बोला।

आदमी ने सिगरेट से एक लंबा कश लिया।

"डकैत बनने की ज़रूरत नहीं। सिर्फ़ एक पैकेट पहुँचाना है।"

"क्या है इसमें?"

"सवाल मत पूछ। जवाब महँगे पड़ते हैं।"

नासिर ने पैकेट को हाथ में लिया। हल्का था। हवा की तरह हल्का। मगर उसके वज़न से उसकी ज़िंदगी भारी हो गई। बड़ी कोठी के बाहर दो पहरेदार खड़े थे। काले कपड़े, काले चेहरे, काली नीयत। नासिर पैकेट देकर वापस मुड़ा। पीछे से आवाज़ आई:

"अगली बार दस हज़ार।"

नासिर रुक गया।

"अगली बार? हाँ। तू अच्छा काम करता है। ईमानदार है।"

नासिर ने पीछे मुड़कर देखा। आदमी हँस रहा था।

"ईमानदारी का भाव आजकल अच्छा चल रहा है बाज़ार में।"

माँ ने आटे की थैली देखी तो रो पड़ी।

"कहाँ से आए पैसे?"

"मेहनत की, अम्मी।"

"किस काम की मेहनत?"

नासिर चुप रहा। माँ ने उसका हाथ पकड़ा।

"बेटा, गंदे पैसे घर में बरकत नहीं लाते।"

"अम्मी, साफ़ पैसे सिर्फ़ साफ़ लोगों के पास होते हैं। हम तो गंदी गली के गंदे लोग हैं।"

माँ का हाथ ढीला पड़ गया।

"तू कब से इतना बड़ा हो गया?"

"जब से भूख छोटी होना बंद हो गई।"

गली में मुन्ना और उसके साथी इंतज़ार कर रहे थे। नासिर को देखते ही घेर लिया।

"अबे सद्दाम के बच्चे! पैसे कहाँ से आए?"

"काम से।"

"कौन सा काम? चोरी-चकारी?"

"तेरी तरह नहीं। मैं ईमानदार आदमी हूँ।"

मुन्ना ने थप्पड़ जड़ा।

"ईमानदार आदमी भूखा मरता है। पेट भरे आदमी हरामी होते हैं।"

"तो फिर तू इतना भूखा क्यों है?"

दूसरा थप्पड़। तीसरा। चौथा। नासिर गिरा। उठा। फिर गिरा।

"भाग यहाँ से! अगली बार दिखा तो जान ले लेंगे!"

नासिर भागा। गली के अंधेरे कोने में जाकर छुपा। वहीं सद्दाम बैठा था - असली वाला।

कुत्ते ने उसे देखा। फिर अपनी जगह बना दी।

"तू भी जानता है कि हम दोनों एक ही हैं," नासिर ने कहा।

कुत्ते ने कुछ नहीं कहा। मगर उसकी आँखों में समझ थी।

अगले दिन वही आदमी, वही ढाबा, वही धुआँ।

"दस हज़ार।"

नासिर ने सिर हिलाया,"मैं तैयार हूँ।"

"अच्छा। मगर इस बार नाम बदलना होगा।"

"क्यों?"

"क्योंकि नासिर एक गरीब लड़का है। सद्दाम एक कारोबारी।"

"कारोबारी? हाँ। मौत का कारोबार।"

नासिर की साँस रुकी।

"मतलब?"

"मतलब यह कि अब तक तू सिर्फ़ पैकेट पहुँचाता था। अब तू ख़ुद पैकेट बनेगा।"

आदमी ने एक छोटी पिस्तौल निकाली।

"यह तेरी अमानत है। वापस करने की ज़रूरत नहीं।"

उस रात नासिर छत पर बैठा था। शहर की रोशनी दूर तक फैली थी। लाखों लोग, लाखों सपने, लाखों डर।

"अम्मी," उसने आसमान से कहा, "मैं सद्दाम बन गया हूँ।"

हवा में माँ की आवाज़ आई: "कौन सा सद्दाम? इंसान वाला या कुत्ता वाला?"

"दोनों एक ही तो हैं।"

"नहीं बेटा। कुत्ता सिर्फ़ भूख के लिए काटता है। इंसान शौक के लिए भी।"

तीसरे दिन की सुबह।

नासिर गली में लौटा तो सद्दाम कुत्ता मरा पड़ा था। किसी ने गोली मारी थी।

"क्यों मारा इसे?" नासिर ने पूछा।

"पागल हो गया था। काटने लगा था बच्चों को," मुन्ना ने कहा।

"पागल कैसे हो गया?"

"भूख से। ज़्यादा भूख पागल बना देती है।"

नासिर ने कुत्ते को देखा। उसकी आँखें अभी भी खुली थीं।

"नहीं," नासिर ने कहा। "यह पागल नहीं था। यह समझदार हो गया था।"

"मतलब?"

"इसे पता चल गया था कि यहाँ इंसान और कुत्ते में कोई फ़र्क नहीं। इसलिए इसने इंसानों की तरह काम करना शुरू कर दिया।" मुन्ना हँसा।

"अबे, कुत्ता है। दिमाग़ तेरे जितना तो नहीं।"

"हाँ," नासिर ने कहा। "इसीलिए तो मर गया।"

शाम को वही कोठी, वही काले कपड़े वाले आदमी।

"काम आसान है। सिर्फ़ ट्रिगर दबाना है।"

"किसको?"

"एक आदमी को। बूढ़ा है। डरपोक है। भागेगा नहीं।"

"नाम?"

"नाम से क्या मतलब? मरने वाले का नाम थोड़े ही पूछते हैं।"

नासिर ने पिस्तौल की नली को चूमा।

"अगर मैं मना कर दूँ?"

"तो तू वो बूढ़ा आदमी बन जाएगा।"

"और अगर हाँ कह दूँ?"

"तो तू जिंदा रहेगा। अमीर रहेगा। मगर सद्दाम नहीं, हैवान रहेगा।"

रात के बारह बजे नासिर उस जगह पहुँचा जहाँ बूढ़ा आदमी रहता था। एक छोटा कमरा, एक छोटा बल्ब, एक छोटी सी ज़िंदगी। दरवाज़ा खुला। बूढ़ा आदमी सामने खड़ा था।

"तुम कौन?"

"सद्दाम।"

"अच्छा। तो आ गया वक़्त।"

"आप डरे नहीं?"

"डर गया हूँ पूरी ज़िंदगी। अब थक गया हूँ डरने से।"

नासिर ने पिस्तौल निकाली।

"कोई आख़िरी बात?"

"हाँ। तुम्हारा असली नाम क्या है?"

"नासिर।"

"अच्छा नाम है। सद्दाम से बेहतर।"

"क्यों?"

"क्योंकि नासिर में इंसानियत है। सद्दाम में सिर्फ़ मौत।"

नासिर का हाथ काँपा।

"आप कैसे जानते हैं?"

"क्योंकि मैं भी कभी सद्दाम था। फिर वापस इंसान बन गया।"

"कैसे?"

"जब मैंने सद्दाम कुत्ते को मारा था।"

नासिर का हाथ रुक गया।

"आपने मारा था?"

हाँ। क्योंकि वो मुझे आईना दिखा रहा था।

और मैं अपनी शक्ल देखने से डर गया था।

पिस्तौल फ़र्श पर गिरी। नासिर के हाथ से छूट गई।

"मैं नहीं कर सकता।"

"क्यों?"

क्योंकि मैं अभी भी नासिर हूँ। सद्दाम नहीं बना।"

बूढ़े ने आँखें खोलीं।

"तो फिर भाग जाओ। यहाँ से। इस शहर से। इस ज़िंदगी से।"

"कहाँ जाऊँगा?"

"जहाँ सद्दाम नाम के कुत्ते नहीं मरते। जहाँ नासिर नाम के लड़के ज़िंदा रहते हैं।"

नासिर मुड़ा। दरवाज़े की तरफ़ गया।

तभी पीछे से आवाज़ आई:

"ए सद्दाम!"

नासिर रुका। मुड़ा।

बूढ़े के हाथ में पिस्तौल थी,"तुमने मुझे मारा नहीं। मगर उन्होंने तुम्हें मार दिया।"

"मतलब?"

"मतलब यह कि जो काम तुम नहीं कर सकते, वो मुझे करना पड़ता है।"

गोली चली। नासिर गिरा।

सन्नाटा छाया।

सुबह गली के लोगों ने दो लाशें देखीं।

एक नासिर की। एक बूढ़े की।

"दोनों ने एक-दूसरे को मार दिया लगता है," मुन्ना ने कहा।

"क्यों?"

"पैसे के लिए। और क्या?"

मगर किसी ने गौर नहीं किया कि नासिर की जेब में अभी भी दस हज़ार रुपये थे।

और बूढ़े की जेब में एक चिट्ठी:

"मैं वो आदमी हूँ जिसने तुम्हें यह काम दिया था। अब तुमने मेरा काम पूरा कर दिया है। शुक्रिया।"

गली के कोने में अब कोई कुत्ता नहीं बैठता।

"गली में दो सद्दाम थे। अब दो कब्रें हैं। मगर सवाल वही है - इंसान कुत्ता कब बनता है, और कुत्ता इंसान कब?"

8. अच्छे घर की लड़की

चांदनी चौक की आधी रात में पुलिस की जीप तेज़ गति से निकल रही थी। चांद न था, पर गलियां पूरी तरह से अंधेरी भी नहीं थीं। सड़क के किनारे लटके हुए बल्बों की रोशनी में गन्दगी ऐसी लग रही थी जैसे किसी मुर्दे का पुराना चिथड़ा फैलाया गया हो।

पीछे की सीट पर वह सत्रह साल की लड़की बैठी थी। उसका सलवार फटा था। कमीज़ पर कुछ धब्बे थे। होंठ पर खून जमा हुआ था, जो अब उसके लिए लिपस्टिक का काम कर रहा था। बालों में उलझन थी, पर आँखों में नहीं। वह सामने देख रही थी, थकी हुई, पर डरी नहीं।

सिपाही ने पूछा नहीं, वह बोली नहीं।

उसके शरीर से सस्ते इत्र और मिट्टी के तेल की मिली-जुली गंध आ रही थी।

"नाम क्या है?" आखिरकार सिपाही ने पूछा।

लड़की ने जवाब नहीं दिया। जैसे नाम ही वह चीज़ थी जो उसने आज खो दी थी।

शहर के जागते हिस्से में जीप आगे बढ़ती रही। पान की दुकानें अब भी खुली थीं। एक आदमी हुक्के पर झुका हुआ था, मानो उसके अलावा ज़िंदगी की और कोई हकीकत ही न हो। कुछ आवारा कुत्ते सड़क पर बिना वजह भौंक रहे थे।

सिपाही ने लड़की को एक नज़र से देखा। उसके कपड़े फटे थे, पर आँखों में डर नहीं था। शायद इज़्ज़त लुटती नहीं, उतारी जाती है।

वह चुपचाप बैठी रही।

उसकी उंगलियां अपनी ही कलाइयों पर कस गईं, जैसे खुद को महसूस करके देख रही हो कि वह अभी भी ज़िंदा है या नहीं।

पुलिस थाने की हल्की पीली रोशनी इंस्पेक्टर के चेहरे को और भी थका हुआ दिखा रही थी। रात के ढाई बजे थे। वह अपना चश्मा उतारकर आंखें मल रहा था।

"नाम क्या है?" उसने दोबारा पूछा।

"मैं अच्छे घर की लड़की हूँ।" वह पहली बार बोली।

इंस्पेक्टर ने आंखें घुमाईं। उसने रजिस्टर पर लिखा: "नाम: अज्ञात। संभवतः पागल।"

छोटे सिपाही ने चाय लाकर दी।

लड़की ने चाय को ऐसे पकड़ा जैसे वह शराब का गिलास हो। उसकी उंगलियां थोड़ी काँप रही थीं। वह एक घूंट पीकर रुक गई।

"क्या हुआ था?" इंस्पेक्टर ने पूछा।

"कुछ नहीं।" उसने जवाब दिया।

"आधी रात को तुम चांदनी चौक में क्या कर रही थी?"

"खो गई थी।"

"घर कहाँ है?"

"अच्छा घर है।"

इंस्पेक्टर चिढ़ गया। "देखो, बकवास मत करो। ऐसी हालत में कोई अच्छे घर की लड़की नहीं मिलती। अगर कोई जबरदस्ती की है तो नाम बताओ..."

"मैंने कहा न, मैं अच्छे घर की लड़की हूँ।" वह फिर से बोली, इस बार उसकी आवाज़ में ज़रा सी भी लापरवाही नहीं थी।

"तो फिर अच्छे घर का पता क्या है?"

लड़की चुप रही।

इंस्पेक्टर ने गुस्से से चश्मा वापस चढ़ाया।

उसकी रात बर्बाद हो रही थी। "कोई फोन नंबर? माँ-बाप का नाम?"

वह सिर्फ चाय के खाली प्याले को देख रही थी, जैसे उसमें कोई आइना हो।

छोटा सिपाही फुसफुसाया, "साहब, शायद सदमे में है। सुबह तक रख लेते हैं, फिर देखेंगे।"

इंस्पेक्टर मान गया। "ठीक है। महिला कॉन्स्टेबल को बुलाओ। और हाँ..." उसने लड़की की ओर देखा, "सुबह तक तुम्हें याद आ जाएगा कि तुम कौन हो।"

लड़की ने सिर्फ मुस्कुराया, जैसे वह जवाब पहले से जानती हो।

सुबह साढ़े आठ बजे थे। पुराने दिल्ली के एक मोहल्ले में खलबली मची थी।

अशोक नगर में फैली हुई हवेली में वह आदमी जिसे सब जज साहब कहते थे, अपनी सोनाली कार से उतरे। उनका चेहरा लाल था, आँखें सुर्ख। साथ में इंस्पेक्टर था, झुका हुआ। पीछे-पीछे जीप से उतर कर वह लड़की भी थी। अब वह कल रात से अलग लग रही थी। उसके फटे कपड़े गायब थे, सफ़ेद साड़ी पहने थी जो उसे थाने में दी गई थी।

"मेरी बेटी को इस तरह उठा लाना... क्या यह पुलिस का काम है?" जज साहब गरजे। "तुम्हारी औकात क्या है?"

इंस्पेक्टर हाथ जोड़ रहा था। "साहब, हमें तो बस रिपोर्ट मिली थी। कोई पहचानता भी नहीं था। दिक्कत में लगी..."

"दिक्कत में दिखी या दिक्कत में डाल दी तुमने?" उन्होंने इंस्पेक्टर के गाल पर थप्पड़ मारा। "भूल गए कौन हूँ मैं?"

हवेली की खिड़कियों से चेहरे झाँक रहे थे। पड़ोसियों की आँखें घूर रही थीं, कुछ सहानुभूति से, कुछ मज़े लेते हुए।

लड़की बिना किसी के सहारे के चल रही थी। उसकी पीठ सीधी थी, देह का हर अंग अपनी जगह था। वह इस तरह चल रही थी जैसे उसे इन सब से कोई फर्क ही नहीं पड़ता। जब वह घर में घुसी तो उसकी माँ चीखकर बेहोश हो गईं।

उसका कमरा ऊपर था। घर चंदन की गंध और डर से भरा था। जहाँ-तहाँ फोटो फ्रेम लगे थे। एक तस्वीर उल्टी रखी थी, जिसमें पूरा परिवार मुस्कुरा रहा था।

वह अपने कमरे में गई। उसकी माँ होश में आकर रोने लगीं। नौकरानी को बुलाया गया।

"इसे अच्छी तरह नहलाओ। कपड़े जला दो।" माँ ने आदेश दिया। पानी गरम था, साबुन महंगा। वह अब भी अच्छे घर की लड़की थी। उसे धोया जा रहा था, जैसे वह गंदी हो गई हो। वह आईने में देख रही थी, अपने चेहरे को, बिना किसी भाव के।

"सुना है गुप्ता साहब की लड़की रात भर गायब थी।"

"अरे, वही जज साहब? उनकी बेटी?"

"हाँ भाई, रिक्शे वाले के साथ भागी थी।"

"अरे नहीं, मैंने तो सुना है कि वह हिंदू लड़के के साथ थी।"

"कैसी बकवास करते हो, वह तो मुसलमान था, मैं जानता हूँ।"

"मेरी बहन ने तो देखा था उसे सिगरेट पीते हुए।"

"और भी बहुत कुछ पीती होगी... इन नई लड़कियों का क्या भरोसा।"

"जज साहब ने पुलिस वालों को भी पीटा।"

"अच्छे घरों में ऐसा नहीं होता, कुछ न कुछ तो गड़बड़ होगी।"

"अरे वह लड़की थी ही ऐसी, हमेशा अकेली घूमती थी।"

"आजकल की लड़कियां, कुछ भी करेंगी।"

"बेचारी माँ, अब कोई रिश्ता नहीं आएगा।"

"इज़्ज़त गई तो सब गया।"

"मेरी बेटी तो उससे कभी बात नहीं करती थी, मैं जानती थी।"

कोई उससे नहीं पूछता। कोई भी नहीं।

हफ्ते बाद घर में मेहमान आए। जज साहब के पुराने दोस्त थे। बेटा रेलवे में अफसर था। स्मार्ट, सुशील, सुंदर। रिश्ते की बात थी।

बैठक में चाय पी जा रही थी। चीनी के बर्तन, महंगे बिस्कुट, पेस्ट्री। लड़की को बुलाया गया। वह आ गई, सफ़ेद सूट में, झुकी नज़रें।

"बेटी जी, हम आपके बारे में सब जानते हैं। हमारे शर्मा जी ने बताया था..." लड़के के पिता बोले। "हमें कोई फर्क नहीं पड़ता। हम समझते हैं, कभी-कभी ऐसा हो जाता है। हमारे बेटे को भी फर्क नहीं पड़ता।"

लड़का उसके सीने को घूर रहा था। फिर गर्दन को। फिर होंठों को। वह चुपचाप खड़ी थी।

"हम तो बस यही चाहते हैं कि हमारी बहू सुशील हो, घर संभाल सके।" लड़के की माँ बोली। "देखा है कैसे चुपचाप खड़ी है... बिल्कुल संस्कारी।"

तभी लड़की हँस पड़ी। बस एक बार। एक ही बार। सब चौंक गए। वह हँसी जैसी एक छुरी थी जो हवा में चली गई हो।

"क्या हुआ बेटी?" जज साहब ने डरते हुए पूछा।

वह चुप रही। फिर चुपचाप वापस चली गई। वह अपने कमरे में बंद रहने लगी। दरवाज़े पर ताला लगा रहता। कभी-कभी चाबी अंदर से घुमा देती, कभी बाहर से। फर्क उसे समझ में आता था, किसी और को नहीं।

उसने अपने आईने को अखबार से ढक दिया। फिर हटा दिया। फिर ढक दिया।

वह कभी 'ली' नहीं गई थी। वह खुद गई थी।

अपनी मर्ज़ी से, अपने पैरों पर।

वह रात बिल्कुल साफ थी, बारिश का मौसम था पर बारिश नहीं हो रही थी। उसने घड़ी देखी थी - रात के साढ़े दस बजे थे। घर में सब सो चुके थे। उसने चुपचाप दरवाज़ा खोला था।

उसने ट्रेन पकड़ी थी। एक सिगरेट पी थी, जिसे उसने कहीं से चुराया था। उसका जायका कड़वा था, पर उसने निगला नहीं था। सिर्फ धुआं मुंह में भरकर छोड़ दिया था।

वह रात भर भटकी थी। न किसी आदमी के साथ, न किसी घटना के। सिर्फ अपने साथ, अकेले। एक रात के लिए सिर्फ इसलिए, क्योंकि वह जानना चाहती थी कि ऐसा कैसा लगता है।

कुछ यादें थीं उस रात की - हवा का स्पर्श, पेड़ों की आवाज़, सड़क की रोशनी। एक कुत्ता उसके पीछे आया था, फिर छोड़ गया था, जैसे समझ गया हो कि वह कहीं नहीं जा रही है।

चांदनी चौक में वह भटकी थी। लोग उसे घूरते थे, वह भी उन्हें घूरती थी। हर कोई अजनबी था, वह भी।

फिर जीप आई थी। उसने खुद बुलाई थी। "मैं खो गई हूँ," उसने कहा था।

सच्चाई यह थी कि वह खोई नहीं थी। वह पहली बार मिली थी।

9. चमड़े का कर्ज़

बारिश की बूंदें उस तरह गिर रही थीं जैसे आसमान रो रहा हो। लेकिन आरिफ को पता था कि आसमान नहीं रोता। रोते तो सिर्फ वो लोग हैं जिनके पास अभी भी दिल बचा होता है।

उसका दिल कब का मर चुका था। शायद उसी दिन जब उसने पहली बार चाकू उठाया था। या फिर उस दिन जब उसने पहली बार अपने हाथों को खून से रंगते देखा था। या शायद... शायद वो कभी था ही नहीं।

"आरिफ भाई, आज का माल तैयार है?"

आवाज उसके कानों में गूंजी।

वही आवाज जो हर रोज आती थी। वही सवाल जो हर रोज पूछा जाता था।

आरिफ ने अपने हाथ देखे। खुरदरे, कड़े, और... साफ। हमेशा साफ। खून धोना उसने इतनी बार सीखा था कि अब वो कला बन गई थी।

"हां जी, बिल्कुल तैयार है," उसने जवाब दिया, आवाज में वो ठंडक थी जो सिर्फ मुर्दों में होती है।

युद्ध के मैदान में मौत का अपना बाजार है। और आरिफ उस बाजार का सबसे होशियार व्यापारी था। वो जानता था कि हर चीज बिकती है - जूते, कपड़े, चश्मे, यहां तक कि...

"ये क्या है भाई?" एक नया लड़का पूछा, एक टुकड़े को हाथ में लेकर।

आरिफ ने उसकी तरफ देखा। नया था। अभी भी उसकी आंखों में वो चमक थी जो युद्ध अभी नहीं मारा था।

"ये?" आरिफ ने हंसते हुए कहा, "ये सबसे कीमती चीज है यहां। इंसान की खाल।"

लड़के का चेहरा सफेद हो गया। वो टुकड़ा छोड़कर पीछे हट गया।

"क्यों? डर गए?" आरिफ की हंसी और तेज हो गई। "अरे भाई, ये तो बिजनेस है। जनरल साहब के लिए खास आर्डर है। उनके बूट बनवाने हैं इससे।"

"ले... लेकिन ये तो..."

"ये तो क्या? इंसान की खाल है? हां है। तो क्या हुआ? जब इंसान मर जाता है तो उसकी खाल का क्या फायदा? कम से कम किसी काम तो आएगी।"

आरिफ का फलसफा सीधा था। जो मर गया वो बेकार, जो जिंदा है उसका फायदा उठाओ।

लड़का भागा। आरिफ ने कंधे उचकाए। नए लोग हमेशा डरते हैं। पुराने लोग... वो सिर्फ पैसे गिनते हैं।

"आरिफ!"

आवाज तेज थी। आरिफ ने मुड़कर देखा। कैप्टन शर्मा खड़ा था। उसके चेहरे पर वो मुस्कान थी जो सिर्फ शैतान के चेहरे पर अच्छी लगती है।

"जी कैप्टन साहब।"

"नया कंसाइनमेंट आया है। तुम्हारा काम है।"

आरिफ ने सिर हिलाया।

"कितने लोग हैं?"

"बीस। सब तरह के। बूढ़े, जवान, बच्चे भी।"

बच्चे। आरिफ का हाथ एक पल के लिए कांपा। फिर स्थिर हो गया।

"कैप्टन साहब, बच्चों की खाल... वो बहुत नाजुक होती है। उससे अच्छा सामान नहीं बनता।"

कैप्टन शर्मा हंसा। "अरे आरिफ, तुम भी कैसी बातें करते हो। बच्चों की खाल सबसे मुलायम होती है। वो वी.आई.पी क्लाइंट के लिए है। खास आर्डर।" आरिफ चुप रह गया। उसने सीखा था कि कुछ सवाल नहीं पूछने चाहिए। कुछ जवाब जानने के बाद रातों को नींद नहीं आती।

"ठीक है साहब। कब तक चाहिए?"

"कल तक। और हां, सफाई का खास ख्याल रखना। एक भी निशान नहीं होना चाहिए।"

कैप्टन चला गया। आरिफ वहीं खड़ा रह गया, बारिश में भीगता हुआ। उसने अपनी जेब से एक तस्वीर निकाली। धुंधली, पुरानी। एक छोटी बच्ची की। उसकी बेटी फातिमा की। वो भी इसी उम्र की थी जब...

आरिफ ने तस्वीर वापस जेब में रख दी। कुछ चीजें भूलने के लिए होती हैं। कुछ चीजें इंसान को इंसान बनाए रखने के लिए।

लेकिन वो कब का इंसान नहीं रहा था।

शाम को जब वो अपनी झोंपड़ी में वापस आया, तो बूढ़ी अम्मी बैठी इंतजार कर रही थी।

"बेटा, खाना तैयार है।"

आरिफ ने अपने हाथ देखे। साफ थे। हमेशा की तरह।

"अम्मी, भूख नहीं है।"

"कब से कुछ नहीं खाया तूने। ऐसे कैसे चलेगा?"

आरिफ हंसा। कड़वी हंसी।

"अम्मी, जब आदमी रोज मौत के साथ खेलता है, तो भूख मर जाती है।"

"क्या काम करता है तू? कभी साफ-साफ नहीं बताया।"

आरिफ ने अम्मी की तरफ देखा। बूढ़ी आंखों में अभी भी प्यार था। अभी भी उम्मीद थी कि उसका बेटा कोई अच्छा काम करता है।

"अम्मी, मैं... मैं चीजों की मरम्मत करता हूं।"

"कैसी चीजों की?"

"टूटी हुई चीजों की। जो बिखर जाती हैं, उन्हें जोड़ता हूं।"

बूढ़ी अम्मी मुस्कुराई। "अच्छा काम है बेटा। टूटी चीजों को जोड़ना... ये तो बहुत नेक काम है।"

आरिफ ने कुछ नहीं कहा। उसने नहीं बताया कि वो चीजों को जोड़ता नहीं, तोड़ता है। वो इंसानों को जोड़ता नहीं, उन्हें टुकड़ों में बांटता है।

रात को बारिश तेज हो गई। आरिफ अपनी चारपाई पर लेटा हुआ छत को देख रहा था। बूंदें टप-टप गिर रही थीं।

उसे फातिमा की आवाज सुनाई दी।

"अब्बू, ये बारिश क्यों होती है?"

"बेटा, आसमान रोता है।"

"क्यों रोता है आसमान?"

"क्योंकि... क्योंकि वो देखता है कि नीचे क्या हो रहा है।"

आरिफ की आंखों से आंसू नहीं निकले। वो भूल गया था कि रोना कैसे होता है।

अगली सुबह कैप्टन शर्मा फिर आया।

"आरिफ, काम हो गया?"

"जी साहब। सब तैयार है।" दिखाओ।"

आरिफ ने अपना बैग खोला। अंदर साफ-सुथरे टुकड़े रखे थे। अलग-अलग साइज के। अलग-अलग रंग के। कैप्टन शर्मा ने एक टुकड़ा उठाया। मुलायम था। बहुत मुलायम।

"वाह आरिफ। कमाल का काम है। ये किसका है?" आरिफ ने जवाब नहीं दिया।

"अरे पूछ तो रहा हूं। ये किसका है?"

"एक... एक बच्चे का।"

"लड़का या लड़की?"

आरिफ का गला सूख गया।

"लड़की।"

"कितनी उम्र रही होगी?"

"सात... आठ साल।"

कैप्टन शर्मा की आंखों में एक अजीब चमक आई।

"परफेक्ट। बिल्कुल परफेक्ट। वी.आई.पी क्लाइंट को बहुत पसंद आएगा।"

आरिफ खामोश खड़ा था।

"अच्छा आरिफ, एक काम और है।"

"क्या साहब?"

"इस टुकड़े से एक जैकेट बनवानी है। खास डिजाइन के साथ।"

कैप्टन ने एक कागज निकाला। उस पर एक डिजाइन बना था।

आरिफ ने देखा और उसका खून सूख गया।

वो एक बच्चे की शक्ल थी। एक बच्ची की। ठीक फातिमा जैसी।

"ये... ये क्या है साहब?"

"डिजाइन है। इस टुकड़े पर ये डिजाइन बनानी है। जैसे टैटू बनाते हैं वैसे।"

"लेकिन साहब..."

"लेकिन-वेकिन कुछ नहीं। ये वी.आई.पी का खास शौक है। वो चाहता है कि जैकेट पर बच्चे की शक्ल हो। उसी बच्चे की जिसकी खाल से जैकेट बनी है।"

आरिफ के हाथ कांपने लगे।

"मैं... मैं ये नहीं कर सकता।"

कैप्टन शर्मा की आंखें तंग हो गईं।

"क्या कहा?"

"मैंने कहा मैं ये नहीं कर सकता।"

कैप्टन ने अपनी पिस्तौल निकाली।

"आरिफ, लगता है तुम भूल गए हो कि तुम कौन हो। तुम एक कसाई हो। तुम्हारा काम है काटना, सिलना, बनाना। सवाल पूछना तुम्हारा काम नहीं।"

आरिफ ने पिस्तौल की तरफ देखा। फिर अपने हाथों की तरफ। फिर कैप्टन की आंखों की तरफ।

"साहब, मैं कसाई हूं। जानवरों का। इंसानों का नहीं।"

"इंसान और जानवर में क्या फर्क है? दोनों मरते हैं, दोनों की खाल निकलती है, दोनों से सामान बनता है।"

"फर्क ये है साहब," आरिफ ने धीमे से कहा, "जानवर सिर्फ मरते हैं। इंसान मरने से पहले रोते हैं।"

कैप्टन हंसा। "अरे आरिफ, तुम भी कैसी फिलॉसफी की बातें करते हो। चलो, काम करो। वरना..."

उसने पिस्तौल आरिफ के सिर पर रख दी।

आरिफ ने आंखें बंद कीं। उसे फिर फातिमा की आवाज सुनाई दी।

"अब्बू, अगर कोई गलत काम करने को कहे तो क्या करना चाहिए?"

"बेटा, गलत काम कभी नहीं करना चाहिए। चाहे जान भी चली जाए।"

"लेकिन अब्बू, अगर जान जाने का डर हो तो?"

"तो भी नहीं करना चाहिए। क्योंकि गलत काम करके जीना, मरने से भी बुरा होता है।"

आरिफ ने आंखें खोलीं।

"नहीं।"

कैप्टन चौंका! क्या?, मैंने कहा नहीं। मैं ये काम नहीं करूंगा।

"पागल हो गए हो?"

"हां साहब। बिल्कुल पागल हो गया हूं। और पागलपन में आदमी सच बोलता है।"

आरिफ ने अपना चाकू निकाला। धीमे से।

"साहब, आपको मालूम है मैंने अब तक कितने लोगों को काटा है?"

कैप्टन पीछे हटा।

"दो सौ छप्पन। सब के सब। मर्द, औरत, बूढ़े, जवान। सबको काटा है। लेकिन आज तक किसी बच्चे को हाथ नहीं लगाया।"

"आरिफ, तुम्हारा दिमाग खराब हो गया है।"

"दिमाग पहले से खराब था साहब। आज सिर्फ दिल ठीक हुआ है।"

आरिफ ने चाकू अपनी गर्दन पर रख लिया।

"अगर आपको वो जैकेट चाहिए, तो पहले मुझे मारना होगा।"

कैप्टन शर्मा ने ट्रिगर दबाया।

लेकिन आरिफ पहले ही चाकू खींच चुका था।

कैप्टन शर्मा ने आरिफ के पास जाकर देखा। आरिफ मुस्कुरा रहा था।

"साहब," उसने कहा, आवाज धीमी होती जा रही थी, "अब आप किसी और से जैकेट बनवाइएगा। मेरी... मेरी सिलाई खत्म।"

बाहर बारिश तेज हो गई थी। आसमान अभी भी रो रहा था।

लेकिन इस बार खुशी के आंसू थे।

क्योंकि एक इंसान वापस इंसान बन गया था।

दो दिन बाद बूढ़ी अम्मी को खबर मिली।

"आपका बेटा... वो शहीद हो गया।"

अम्मी ने पूछा, "क्या काम करता था मेरा बेटा?"

जवान ने कहा, "अम्मी, वो टूटी चीजों को जोड़ता था।"

बूढ़ी अम्मी मुस्कुराई।

"सच में?"

"जी हां अम्मी। आखिर में उसने अपनी टूटी हुई रूह को भी जोड़ लिया
था।"

बारिश में अम्मी की आवाज गूंजी:

"मेरा बेटा अच्छा था। हमेशा से अच्छा था।"

और हवा में कहीं से आरिफ की आवाज आई:

"अम्मी, अब मैं वाकई टूटी चीजों को जोड़ता हूं। आसमान में।"

कुछ इंसान मरकर जिंदा हो जाते हैं। और कुछ जिंदा रहकर भी मर
चुके होते हैं। आरिफ ने अपनी मौत में अपनी जिंदगी पाई थी। क्योंकि
असली जिंदगी इंसानियत में है। बाकी सब सिर्फ सांस लेना है।

10. लोग अच्छे थे

रात का खाना ख़त्म हो चुका था। टेबल पर प्लेटें पड़ी थीं, जिनमें कुछ बचे-कुचे चावल और रोटी के टुकड़े थे। पानी के गिलास में उँगलियों के निशान थे। अफ़ज़ल ने कुर्सी पीछे खींची, बीड़ी सुलगाई और गहरी साँस ली। धुआँ धीरे-धीरे कमरे की पुरानी छत तक गया और वहीं ठहर गया, जैसे बाहर जाने से डर रहा हो।

"तुमने सुना?" उसने सामने बैठी बीवी से पूछा।

बीवी ने सिर हिलाया। उसकी उँगलियाँ खाली चाय के कप के किनारे पर चल रही थीं।

"हम्म।"

अफ़ज़ल ने बीड़ी की राख झटकी। "पड़ोस वाले मकान में पुलिस आई थी आज।" बीवी ने कप से हाथ हटा लिया।

"क्यों?"

"लड़की भाग गई।"

कमरा कुछ देर के लिए चुप हो गया।

"कहाँ?" बीवी ने धीरे से पूछा।

अफ़ज़ल ने धुआँ छोड़ते हुए कहा, "किसी लड़के के साथ। सुना है, उसी मोहल्ले का था।" बीवी ने दीवार पर टंगे पुराने कैलेंडर को देखा। तारीख़ वही थी, लेकिन साल कोई और लग रहा था।

"फिर?"

"फिर क्या," अफ़जल ने पैरों से चप्पल उतारते हुए कहा, "पुलिस आई, माँ-बाप को खूब खरी-खोटी सुनाई, लड़की की तस्वीर माँगी, लेकिन उन्होंने नहीं दी।"

"फोटो क्यों माँगी?"

"ढूँढने के लिए।"

बीवी हँसी—हल्की, धीमी, कड़वी।

"लड़की को या इज़्ज़त को?"

अफ़जल ने बीड़ी बुझाई और खाली प्लेटों की ओर देखा।

"इज़्ज़त ही तो लड़की होती है। लड़की चली गई तो इज़्ज़त भी चली गई। अब वही ढूँढी जाएगी।"

बीवी उठी, बर्तनों को समेटने लगी।

"लड़की मिल भी जाए, तो लौटेगी नहीं।"

अफ़जल ने पहली बार उसकी ओर देखा।

"कैसे कह सकती हो?"

बीवी ने प्लेट को ज़ोर से सिंक में रखा।

"जो घर से भागती हैं, वे लौटती नहीं। और जो लौटती हैं, वे फिर कभी नहीं भागती।" कमरा फिर चुप हो गया।

अफ़जल ने पंखे की ओर देखा। पुराना था, आवाज़ करता था, लेकिन हवा देता था।

"लोग कह रहे थे कि घरवालों ने उसे मार दिया होता, तो ज़्यादा अच्छा होता।"

बीवी ने हँसते हुए सिर हिलाया।

"लोग अच्छे हैं।"

"बहुत अच्छे," अफ़जल ने बीड़ी का आख़िरी कश लिया।

अगली सुबह,

लोग इकट्ठे थे। औरतें फुसफुसा रही थीं, मर्द अपनी चाय सुड़कते हुए सिर हिला रहे थे।

लड़की वहां थी।

"ख़ुदकुशी की होगी," एक आदमी बोला।

"या मार दिया होगा," दूसरे ने कहा।

"ख़ैर, जो भी हो, अब इज़्ज़त बच गई," किसी ने निष्कर्ष निकाला।

लोगों ने सिर हिलाया। चाय ख़त्म की। अख़बार मोड़ा। और अपने-अपने काम पर लग गए।

शहर अच्छा था। लोग अच्छे थे। बहुत अच्छे।

11. छाजन

गाँव के किनारे वो झोपड़ी थी। पिछले सात बरसों से वहाँ अमीना बी रहती थीं। छोटी-सी, मिट्टी की दीवारों वाली, हवाओं से झुकी हुई। उसकी छाजन काले पड़े फूस की बनी थी, जो बरसात की पहली बूँदों पर ही रोने लगती।

कोई नहीं जानता था कि अमीना बी कहाँ से आई थीं। बंटवारे के वक्त आई थीं, इतना सब जानते थे। लेकिन अकेली नहीं आई थीं — उनके साथ एक छोटा-सा बच्चा भी था, जिसे लोग "वो लड़का" कहते थे। अमीना बी उसे कभी नाम से नहीं पुकारती थीं। बस कहतीं: "इधर आ," या "उधर जा।" बच्चा भी कभी कुछ नहीं बोलता था। न हाँ, न ना।

अमीना बी कभी किसी के घर नहीं जातीं। कोई उनके घर नहीं आता। सिर्फ महीने में एक बार, जब सरकारी राशन बंटता, तब लाइन में खड़ी होतीं — बिना किसी से बात किए, बिना किसी की आँखों में देखे।

"उसका पोता है," गाँव के लोग कहते। "उसके बेटे का बच्चा, जो पाकिस्तान में रह गया।"

मगर सच्चाई कोई नहीं जानता था। क्योंकि अमीना बी के पोते की आँखें कुछ और कहती थीं। उन आँखों में एक सवाल था, जो हिन्दुस्तान और पाकिस्तान के बंटवारे से भी गहरा था।

वो लड़का सुबह-शाम कुएं से पानी लाता। एक मिट्टी के घड़े में, जो उसके शरीर से भी बड़ा लगता। घड़ा उसके कंधे पर इस तरह टिका होता जैसे कोई बेवजह का बोझ — न उतारा जा सकता, न झेला जा सकता।

रात होने के बाद, जब गाँव सो जाता, झोपड़ी के पीछे, चांदनी में बैठकर, मिट्टी से कुछ बनाता। छोटे-छोटे हाथ, टूटी-फूटी आँखें, अधूरी-सी छतें। गीली मिट्टी से बनी वो आकृतियाँ, जिनकी कभी कोई पूरी शक्ल नहीं होती, भोर होते-होते झोपड़ी के आसपास फैल जातीं।

"अमीना बी कभी दिन में नहीं सोतीं," गाँव की औरतें बातें करतीं। "और रात में भी कभी पूरी तरह नहीं सोतीं।"

"कैसे पता?" दूसरी पूछती।

"क्योंकि उनकी झोपड़ी की दीवार पर छाया हमेशा हिलती रहती है। जैसे कोई हाथ से दीवार पर कुछ लिखता हो, मिटाता हो, फिर लिखता हो।"

सुबह होते ही अमीना बी चूल्हा जलातीं। आटे में कुछ मिलाकर — जो कोई नहीं जानता क्या था — रोटियाँ बनातीं। मगर वो रोटियाँ किसी को नहीं देतीं। न खुद खातीं। बस एक पुरानी पीतल की थाली में रखकर, झोपड़ी के उस कोने में छोड़ देतीं, जहाँ कभी कोई नहीं बैठता था।

"किसके लिए बनाती हैं वो रोटियाँ?" गाँव के बच्चे पूछते। "क्या अमीना बी के घर भूत आते हैं?"

नहीं," बड़े मर्द कहते। "वो पागल हैं।

बंटवारे में अक्ल खो दी है। बेटे की याद में रोटियाँ बनाती हैं।

मगर हर सुबह, जब अमीना बी झोपड़ी से बाहर आतीं, थाली खाली होती। रोटियाँ गायब हो जातीं, और अमीना बी उस थाली को बिना धोए, बिना छुए, वापस रख देतीं।

"हवा खा जाती है," बच्चे कहते।"

मगर हवा रोटियाँ नहीं खाती। हवा सिर्फ कहानियाँ उड़ाती है। और अमीना बी की झोपड़ी के चारों ओर एक कहानी थी।

"अमीना बी कभी दिन में नहीं सोतीं," गाँव की औरतें बातें करतीं। "और रात में भी कभी पूरी तरह नहीं सोतीं।"

"कैसे पता?" दूसरी पूछती।

"क्योंकि उनकी झोपड़ी की दीवार पर छाया हमेशा हिलती रहती है। जैसे कोई हाथ से दीवार पर कुछ लिखता हो, मिटाता हो, फिर लिखता हो।"

सुबह होते ही अमीना बी चूल्हा जलातीं। आटे में कुछ मिलाकर — जो कोई नहीं जानता क्या था — रोटियाँ बनातीं। मगर वो रोटियाँ किसी को नहीं देतीं। न खुद खातीं। बस एक पुरानी पीतल की थाली में रखकर, झोपड़ी के उस कोने में छोड़ देतीं, जहाँ कभी कोई नहीं बैठता था।

"किसके लिए बनाती हैं वो रोटियाँ?" गाँव के बच्चे पूछते। "क्या अमीना बी के घर भूत आते हैं?"

"नहीं," बड़े मर्द कहते। "वो पागल हैं। बंटवारे में अक्ल खो दी है। बेटे की याद में रोटियाँ बनाती हैं।"

मगर हर सुबह, जब अमीना बी झोपड़ी से बाहर आतीं, थाली खाली होती। रोटियाँ गायब हो जातीं, और अमीना बी उस थाली को बिना धोए, बिना छुए, वापस रख देतीं।

"हवा खा जाती है," बच्चे कहते।

मगर हवा रोटियाँ नहीं खाती। हवा सिर्फ कहानियाँ उड़ाती है। और अमीना बी की झोपड़ी के चारों ओर एक कहानी थी।

इत्वार की दोपहर, जब गाँव के ज्यादातर लोग अपने-अपने दरवाजों पर बैठे थे, वो पहली बार हुआ।

अमीना बी कुएं से पानी लेने गई थीं। वो लड़का झोपड़ी के बाहर बैठा था, मुट्ठी में मिट्टी भरे।

तभी चंदन सिंह का लड़का, जो सबसे ज्यादा नटखट माना जाता था, वहाँ आया। उसके हाथ में एक गुलेल थी। उसने वो गुलेल तानी और अमीना बी के लड़के की ओर देखा।

"ए, तू बोलता क्यों नहीं?" उसने पूछा। "तेरी जुबान काट ली क्या किसी ने?"

वो लड़का चुप रहा। मिट्टी पर से नज़र नहीं उठाई।

"कहते हैं तेरा बाप पाकिस्तान में है। क्या तू भी वहीं जाएगा?"

वो लड़का अब भी चुप था।

चंदन सिंह के लड़के ने गुलेल चलाई। पत्थर सीधा उस लड़के के कंधे पर लगा। मगर वो लड़का हिला तक नहीं। बस उसकी उंगलियाँ रुक गईं, जो मिट्टी गूंथ रही थीं।

"अरे, भाग क्यों नहीं रहा?" दूसरे लड़के ने पूछा, जो अब तक तमाशा देखने आ गया था। "मार और एक।"

दूसरा पत्थर चला। इस बार उसकी गर्दन के पास लगा। मगर फिर भी वो लड़का न हिला, न बोला। बस उसकी आँखों से एक बूँद टपकी — जो आँसू भी हो सकती थी, या बस पसीने की बूँद।

"यह तो बिल्कुल ही पत्थर का बना है!" चंदन सिंह का लड़का हँसा। "चल, देखते हैं, इसमें खून है भी या नहीं।"

तभी हवा का एक तेज झोंका आया। इतना तेज, इतना अचानक, कि दोनों लड़के पीछे लुढ़क गए। और जब उठे, तो वो लड़का गायब था। शायद हवा ने मिटा दिया था, या शायद वो कभी था ही नहीं।

"देखो, महीने भर से बारिश नहीं हुई," बूढ़े रामू ने कहा, जो कभी इस गांव का मुखिया था। "और अमीना बी की छाजन अब भी रोती है। यह कोई अच्छी निशानी नहीं।"

जिस दिन रामू ने यह बात कही, उस रात आकाश से लाखों तारे गिरे। कम से कम गाँव के बच्चों ने ऐसा ही देखा। वे कहते, आसमान खुला और तारे बरसे। मगर बड़े कहते, वो सिर्फ उल्का-पात था।

लेकिन उसके बाद से अमीना बी और भी अजीब हो गईं। वो अब रोटियाँ भी नहीं बनातीं। बस एक पीतल के कटोरे में कुछ रखकर, उसे झोपड़ी के कोने में छोड़ देतीं। दिन-रात दीवार पर कुछ लिखतीं, मिटातीं। कभी-कभी चिल्लातीं: "आ नहीं सकते तो, मत आओ! मगर एक बार... बस एक बार..."

और वो लड़का?

वो अब कुएं से पानी नहीं लाता था। न ही मिट्टी से कुछ बनाता था। वो सिर्फ गाँव के चारों ओर घूमता, बिना आवाज़ के।

एक दिन, जब सूरज आग बरसा रहा था, दादी सुखिया ने देखा — वो लड़का गाँव के बाहर किसी से बात कर रहा था।

"मगर वो तो गूंगा है!" लोगों ने कहा।

मैंने अपनी आँखों से देखा," सुखिया ने जवाब दिया। "वो किसी से बात कर रहा था। कोई दिख नहीं रहा था। मगर वो बात कर रहा था।"

रात, अमीना बी की झोपड़ी से एक अजीब आवाज़ आई — जैसे कोई ज़मीन खोद रहा हो, बहुत गहरा।गाँव के मर्द एकत्र हुए। मगर कोई भी अमीना बी की झोपड़ी तक नहीं गया। सिर्फ दूर से देखा, जहाँ मिट्टी के अंदर से रोशनी आ रही थी — हल्की-सी, हरी-सी।

"भूत-प्रेत?" किसी ने पूछा।

"नहीं," बूढ़े रामू ने कहा। "यह तो ज़िन्दगी की राख है। जो बख़्शी नहीं गई।"

सावन का महीना आया। आसमान से पानी बरसा, लगातार, बिना रुके। नदी उफन गई। खेत डूब गए। गाँव के निचले हिस्से में पानी भर गया।

मगर अमीना बी की झोपड़ी, जो गाँव के सबसे ऊंचे टीले पर थी, सूखी रही। और अजीब बात यह थी कि उसकी छाजन अब नहीं रोती थी। वैसे ही जैसे बंजर ज़मीन, जिसने बरसों तक प्यास सही हो, अब रोना भूल गई हो।

बारिश के दिनों में वो लड़का गायब रहता। अमीना बी अकेली बैठी रहतीं — कभी दीवार पर कुछ लिखतीं, कभी पीतल के बर्तन को चमकातीं, कभी बगैर बिछावन के ज़मीन पर लेट जातीं, जैसे किसी का इंतज़ार कर रही हों।

एक ऐसी ही बारिश की रात, रमज़ान का चाँद था। अमावस्या के बाद का पहला चाँद। गाँव के कई लोग उस रात जागे थे, रोज़ा रखने के लिए सहरी खाने के वास्ते।

तभी वो आवाज़ आई। एक कराह-सी, एक चीख़-सी, जो आधी इंसान की थी, आधी जानवर की। जो आकाश से भी आती लगी, और पाताल से भी।

जो भी सुना, चौंक गया। कुछ लोग बाहर निकले, पर बारिश इतनी तेज़ थी कि कुछ दिखाई नहीं दिया। सिर्फ अमीना बी की झोपड़ी, जहाँ एक छोटी-सी रोशनी हरी-सी चमक रही थी।

"वो उसके साथ आ गए," एक बुज़ुर्ग औरत ने कहा, जो हमेशा झोपड़ी के पास से गुज़रते वक्त किसी का नाम लेकर मत्था टेकती थी। "उनका इंतज़ार पूरा हुआ।"

"कौन? कौन आ गया?" सब ने पूछा।

"जिनकी उसे तलाश थी," बुज़ुर्ग औरत ने कहा। "वो जिनके नाम वो रोटियाँ रखती थी। जिनके लिए वो अपनी छाजन को रोने देती थी।"

बारिश थमी। सूरज निकला। गाँव के बच्चे बाहर निकले, कीचड़ में खेलने।

उसी दिन वो लड़का लौटा। मगर अकेला नहीं। उसके साथ पाँच-छः और लड़के थे — सब बिल्कुल वैसे ही दिखते, बिल्कुल वैसे ही चलते, बिल्कुल वैसे ही मिट्टी से खेलते।

"सब पागल हो गए हो?" बूढ़े रामू ने डांटा गाँव वालों को। "वो लड़का अकेला ही है, जैसे हमेशा था।"

मगर कई लोगों ने देखा था। वो अकेला नहीं था।

उसके साथ कई लड़के थे — सब मिट्टी जैसे, सब खामोश।

"भूत-प्रेत!" गाँव की एक औरत चिल्लाई।

"अमीना बी ने अपनी झोपड़ी में क्या-क्या दफनाया है, कौन जाने।"

"वहाँ कुछ नहीं है," बूढ़े रामू ने कहा। "मैंने खुद देखा है। अमीना बी की झोपड़ी बिल्कुल खाली है। न अमीना बी है, न कोई और।"

"तो फिर यह सब क्या है?" लोगों ने पूछा।

"यह ज़िन्दगी की राख है," बूढ़े रामू ने दोहराया। "जो हवा में उड़ नहीं सकी।"

गाँव के लोगों ने फैसला किया कि अमीना बी की झोपड़ी में जाकर देखना चाहिए। कुछ मर्द इकट्ठे हुए, मशालें जलाईं, और झोपड़ी तक गए।

झोपड़ी का दरवाज़ा खुला था। अंदर अंधेरा था। कोई नहीं था। न अमीना बी, न वो लड़का, न कोई और।

लेकिन झोपड़ी की दीवारों पर सैकड़ों छोटे-छोटे हाथ बने थे — मिट्टी से, लाल रंग से। सभी हाथ एक दिशा में इशारा कर रहे थे — झोपड़ी के पीछे की ओर।

गाँव के मर्द मशालें लेकर उस ओर गए।

"क़यामत के दिन, मैं कहूँगी — मुझे अपना बेटा वापस दे दो। उसे ज़िंदा ज़मीन में नहीं दफनाया था मैंने। वो मर चुका था, अपने बाप की तरह। मैं उसे साथ नहीं ला सकती थी बंटवारे के वक़्त। मगर उसके बच्चे को ला सकती थी — जो अभी पेट में था। अपना बेटा खोकर ही मैं पोता पा सकी।"

अगली सुबह, जब सूरज निकला, तो झोपड़ी के बाहर एक विचित्र दृश्य था। सैकड़ों मिट्टी की मूरतें — छोटी-छोटी, कुछ बच्चों जैसी, कुछ बड़ों जैसी — सभी बिना हाथ-पैर के, सभी आँखों के साथ जो देख सकती थीं।

वो लड़का नहीं था। अमीना बी नहीं थीं।

गाँव के बच्चे अब भी कहते हैं कि बारिश के दिनों में, जब सूरज थोड़ा-सा निकलता है, तो अमीना बी की झोपड़ी के पास एक छाया दिखती है — जो किसी लड़के की है। और वो लड़का कुछ बोलता नहीं, बस हाथ से इशारा करता है — आने का, या जाने का।

बूढ़े रामू, जिन्होंने अपनी आँखों से सब कुछ देखा था, कभी इस बारे में बात नहीं करते। वो बस इतना कहते हैं: "बंटवारा सिर्फ देशों का नहीं हुआ था। दिलों का हुआ था। और हर बंटवारे में कोई-न-कोई ज़मीन में गड़ जाता है।"

कभी-कभी, जब चाँदनी रात होती है, तो झोपड़ी के आसपास एक हरी-सी रोशनी घूमती है। जैसे कोई लालटेन लिए इधर-उधर खोज रहा हो। गाँव के बच्चे कहते हैं: "वो आज भी अपनी ज़िंदगी की राख ढूंढ रही है, अमीना बी।"

मैं यह कहानी सुनाता हूँ, क्योंकि मुझे याद है।

मैं वही था, जो अमीना बी की झोपड़ी के पास खड़ा रहता था। मैं वही था, जिसे लोग "वो लड़का" कहते थे। मैं वही था, जिसने अमीना बी को आखिरी बार देखा — बारिश की रात, जब छाजन गिरी थी।

मैं अब भी वहीं हूँ — उस झोपड़ी के पास, जहाँ अब कुछ नहीं है। सिर्फ मिट्टी है, जो हर बारिश में पिघलती है, और फिर सूख जाती है।

उनका बेटा, मेरा पिता, जिसे वो पाकिस्तान में छोड़ आईं थीं — वो मर चुका था, बंटवारे के वक़्त। लेकिन वो उसका बच्चा लिए आईं थीं यहाँ। वो मैं था।

मगर मैं जैसा दिखता था, वैसा नहीं था। मैं मिट्टी से बना था — मैं कभी बोला नहीं।

12. निलंबित

मैं राजीव बंसल था। अब मैं कुछ नहीं हूँ। या हो सकता है कि मैं कभी कुछ था ही नहीं।

सुबह साढ़े छह बजे की घंटी। चाय। अखबार। नहाना। दफ्तर जाना। ये सब रोज़ होता था। उस दिन भी हुआ। लेकिन एटीएम मशीन ने मुझसे कहा - "आपका कार्ड रद्द है।"

पहले लगा गलती है। फिर बैंक गया।

"सर, आपका आधार निलंबित है।"

"क्यों? कारण - आपका अस्तित्व सत्यापित नहीं हो सका।"

मैंने हंसी से कहा, "मैं यहाँ खड़ा हूँ।"

क्लर्क ने चश्मा उतारकर मुझे देखा। फिर कंप्यूटर देखा। फिर मुझे देखा।

"सिस्टम कहता है आप नहीं हैं।"

"लेकिन मैं हूँ।"

"हो सकता है। लेकिन आधिकारिक तौर पर आप नहीं हैं।"

वो मान गया था मैं नहीं हूँ।

मैं भी मानने लगा था।

घर आया। बिजली कट गई थी। फोन डेड था। सिम निलंबित। प्रिया मेरी पत्नी है। थी। या है? वो दफ्तर से आई। देखा मैं बैठा हूँ।

"तुम घर कैसे आ गए?"

"मैं रोज़ आता हूँ।"

"लेकिन आज तुम्हारी छुट्टी नहीं थी।"

फिर उसने अजीब सा प्रश्न पूछा।

"तुम कौन हो?"

यहाँ कहानी रुकती है।

क्योंकि जब आपकी पत्नी पूछे आप कौन हैं, तो दुनिया रुक जाती है।

"प्रिया, मैं राजीव हूँ। तुम्हारा पति।"

"राजीव, कौन?"

उसकी आंखों में सच्ची हैरानी थी। वो अभिनय नहीं कर रही थी।

"हमारी शादी हुई है। आठ साल हो गए।"

"मैं अकेली रहती हूँ।"

मैंने शादी की तस्वीर दिखाई। वो देखती रही।

"ये कौन है इसके साथ?"

मैं था। लेकिन वो मुझे नहीं देख पा रही थी।

अगले दिन आधार केंद्र गया। लंबी लाइन। मेरी बारी आई।

"सर, मेरा आधार निलंबित हो गया है।"

अधिकारी ने कंप्यूटर खोला। कुछ टाइप किया।

"नाम?"

"राजीव कुमार बंसल।"

वो ढूंढता रहा। फिर बोला, "कोई रिकॉर्ड नहीं मिला।"

"कैसे नहीं मिला? यहाँ है मेरा कार्ड।"

उसने कार्ड देखा। नंबर डाला। स्क्रीन खाली आई।

"भाई, लगता है आपका अस्तित्व ही नहीं है।"

"तो मैं कौन हूँ? ये आप जानें।"

वो अधिकारी की निष्ठुरता देखिए।

उसने मुझसे कहा मैं जानूं कि मैं कौन हूँ। जबकि उसका सिस्टम कह रहा है मैं कोई नहीं हूँ।

बाहर निकला। धूप तेज़ थी। या थी भी, या नहीं, मुझे अब पता नहीं।

वहाँ एक आदमी खड़ा था। पतला। चेहरा उदास। मुझसे बोला, "नया है?"क्या नया है? अस्तित्व खो गया है?" मैंने हाँ में सिर हिलाया।

"चल मेरे साथ।"

उसका नाम राम किशन था। या है। वो भी नहीं जानता।

हम चलते गए। शहर के किनारे। वहाँ एक बस्ती थी। अलग किस्म की।

"ये क्या है?"

"सत्यापन लंबित कॉलोनी।"

वहाँ सैकड़ों लोग थे। सब के चेहरे धुंधले। सब का अस्तित्व संदिग्ध।

राम किशन बोला, "यहाँ वे लोग रहते हैं जो हैं लेकिन नहीं हैं।"

एक औरत मिली। सुषमा। उसका आधार तीन साल से लंबित था। वो कहती थी, "पहले मुझे लगता था मैं हूँ। अब मुझे लगता है मैं कभी नहीं थी।"

एक बच्चा मिला। अंकित। वो पैदा ही नहीं हुआ था।

माँ का नाम गलत लिखा गया था सिस्टम में। तो वो अनाथ हो गया। अपनी माँ के रहते। यहाँ सब के साथ अजीब कहानियाँ थीं।

मोहन काका का केस सबसे दिलचस्प था। उनके बेटे ने उन्हें मृत घोषित करवा दिया था प्रॉपर्टी के लिए। अब वो ज़िंदा लाश थे। आधिकारिक तौर पर मरे हुए। व्यावहारिक तौर पर ज़िंदा।

"काका, आप कैसे जी रहे हैं?"

"बेटा, जब आधिकारिक तौर पर मर जाओ, तो जीना आसान हो जाता है। कोई टैक्स नहीं। कोई बिल नहीं। कोई जिम्मेदारी नहीं।"

उनकी आंकों में एक अजीब शांति थी।

मैंने सोचा, शायद यही मेरी जगह है। इन धुंधले लोगों के बीच।

लेकिन मैं हार नहीं मानना चाहता था। दफ्तर गया। वहाँ मेरी टेबल खाली थी।

"राजीव की टेबल कहाँ है?"

मैंने चपरासी से पूछा।

"राजीव कौन?"

"मैं राजीव।"

उसने मुझे देखा। अनजान की तरह।

"सर, आप कौन हैं?"

"मैं यहाँ काम करता हूँ। आठ साल से।"

वो बॉस के पास गया। बॉस आया।

"तुम कौन हो? सर, मैं राजीव। आपके अकाउंट्स डिपार्टमेंट में।"

"हमारे यहाँ कोई राजीव नहीं है।"

उसने एचआर को बुलाया। फाइल निकलवाई। कोई राजीव नहीं था।

"लेकिन सर, मैं यहाँ बैठता था। वो मेरी टेबल है। वो टेबल खाली है। हमेशा से। सिक्योरिटी आई। मुझे बाहर निकाला। बाहर सड़क पर खड़ा था। लोग निकल रहे थे। कोई मुझे नहीं देख रहा था। या देख रहा था लेकिन नहीं देख रहा था। एक ऑटो वाला मिला। सुहैल।

"भाई, कहाँ जाना है? आधार केंद्र।"

रास्ते में उसने पूछा, "क्या काम है वहाँ?"

मैंने सारी कहानी बताई। वो हंसने लगा।

"अरे भाई, तुम्हारे साथ भी यही हुआ है?"

"क्या मतलब?"

"मेरे साथ भी। पिछले साल। एक दिन उठा, तो पता चला मैं नहीं हूँ।"

"फिर तुमने क्या किया?"

"मान लिया। अब मैं नहीं हूँ और चला रहा हूँ ऑटो।"

उसकी आंकों में भी वही शांति थी जो मोहन काका की आंकों में थी।

"लेकिन लाइसेंस? इंश्योरेंस?"

"कुछ नहीं। मैं ही नहीं हूँ तो ये सब कैसे हो सकता है?"

वो एक फ्री मैन था। कोई कागज़। कोई झंझट। कोई अस्तित्व।

"अच्छा लगता है?"

"बहुत।"

आधार केंद्र पहुंचे।

वही अधिकारी बैठा था।

"आप फिर आ गए?"

"सर, कोई तरीका होगा।"

"देखिए, आप चाहें तो अस्थायी आत्मा प्रमाणपत्र के लिए अप्लाई कर सकते हैं।"

"कितना समय लगेगा?"

"आठ से बारह महीने।"

"इतना समय?"

"इससे कम में अस्तित्व कैसे मिलेगा?"

वहाँ एक लड़की काम कर रही थी। सुमित्रा। वो मुझसे धीरे से बोली, "आप किसी पंडित जी के पास जाइए। वो आत्मा का प्रमाणपत्र दे देंगे।" मैं पंडित जी के पास गया। पुराने। अनुभवी। गंगा जी के किनारे बैठते थे। "पंडित जी, मेरा अस्तित्व खो गया है।"

उन्होंने मुझे देखा। गहरी नज़र से।

"बेटा, अस्तित्व कभी खोता नहीं। सिर्फ सिस्टम से छुप जाता है।"

"तो मैं हूँ?"

"तुम हो। तुम्हारे बिना ये सवाल कौन पूछेगा?"

यहाँ मुझे पहली बार लगा कि मैं हूँ।

"कुछ उपाय है?"

"है। तुम रोज़ यहाँ आओ। गंगा में डुबकी लगाओ। मंत्र जपो। तुम्हारा अस्तित्व वापस आ जाएगा।"

"कितना समय लगेगा?"

"भगवान जाने।"

मैंने रोज़ जाना शुरू किया। गंगा जी ठंडी थीं। मंत्र का असर होता था। मुझे लगता था मैं हूँ। लेकिन जब घर जाता, तो प्रिया मुझे नहीं पहचानती थी। वो अब डरने लगी थी।

"तुम कौन हो? रोज़ घर में कैसे आ जाते हो?"

"मैं तुम्हारा पति हूँ।"

"मेरा कोई पति नहीं है।"

अब मैं रात को छत पर सोता था। चुपचाप। ताकि वो परेशान न हो। दिन में पंडित जी के पास। शाम को सत्यापन लंबित कॉलोनी।

वहाँ के लोग मेरे दोस्त बन गए थे। हम एक ही समस्या से जूझ रहे थे। अस्तित्व की।

राम किशन रोज़ नई कहानी सुनाता। आज उसने बताया, "मेरे बेटे ने कॉल किया था। कहा, पापा आप कौन हैं?"

"क्या जवाब दिया?"

"कहा, मैं तुम्हारा बाप हूँ।"

"मान गया?"

"नहीं। कहा, मेरे पापा तो मर गए।"

हम हंसे। दुख में डूबे हुए लोगों की हंसी।

सुषमा ने बताया, वो अपने घर गई थी। पड़ोसी बोले, "यहाँ कोई नहीं रहता।"

"लेकिन ये मेरा घर है।"

"इस घर में कभी कोई नहीं रहा।"

अब वो सड़क पर सोती है। अपने ही घर के सामने। अंकित ने बताया, स्कूल में उसका नाम नहीं है। टीचर कहती है, "तुम कौन हो?"

"मैं अंकित हूँ।"

"हमारे यहाँ कोई अंकित नहीं है।"

वो अब स्कूल नहीं जाता। पार्क में बैठता है। दूसरे बच्चों को पढ़ते देखता है।

मैंने सोचा, हम सब का हाल एक ही है। हैं लेकिन नहीं हैं।

एक दिन मुझे लगा अब बहुत हो गया। मैं आधार केंद्र गया। उस अधिकारी से कहा, "सर, मुझे जो करना है करूँगा। लेकिन मेरा अस्तित्व वापस चाहिए।"

"ठीक है। एक फॉर्म भरिए।"

"कौन सा फॉर्म?"

"अस्तित्व पुनर्स्थापना फॉर्म।"

मैंने फॉर्म भरा। लंबा फॉर्म था। सौ सवाल।

आपका नाम क्या है?

आप कौन हैं? आप क्यों हैं?

आप कब से हैं?

आपके होने का सबूत क्या है?

आपके न होने का सबूत क्या है? आप सच में हैं या लगता है कि हैं?

मैंने सब भरा। जमा किया।

"कितना समय लगेगा?"

"छह महीने।"

छह महीने इंतज़ार किया। रोज़ पंडित जी के पास जाता। गंगा में नहाता। मंत्र जपता। सत्यापन लंबित कॉलोनी में दोस्तों से मिलता। राम किशन की हालत और खराब हो गई थी। अब उसका नाम भी भूल गया था।

"मैं कौन हूँ?" वो पूछता रहता।

"तुम राम किशन हो।"

"राम किशन कौन?"

सुषमा पागल हो गई थी। वो खुद से बात करती रहती।

"सुषमा, तुम कहाँ हो?"

"मैं यहाँ हूँ।"

"तुम कहाँ हो?"

"मुझे नहीं पता।"

मोहन काका की हालत सबसे अच्छी थी। वो खुश थे।

"राजीव बेटा, मैं कितना आज़ाद हूँ। न कोई टेंशन। न कोई जिम्मेदारी। मरा हुआ आदमी की क्या चिंता।"

छह महीने बाद मुझे बुलावा आया। आधार केंद्र गया।

"आपका केस अप्रूव हो गया है।"

मैं खुश हो गया।

"मतलब मैं हूँ?"

"हाँ। आप हैं।"

उसने एक नया आधार कार्ड दिया।

मैं भागता हुआ घर गया। प्रिया से कहा, "देखो, मैं हूँ। सरकारी तौर पर।"

उसने कार्ड देखा। मुझे देखा।

"तुम राजीव हो?"

"हाँ।"

"मेरे पति?"

"हाँ।"

वो रोने लगी।

"मुझे माफ करो। मुझे नहीं पता था। तुम कहाँ चले गए थे?"

"मैं यहीं था।"

"लेकिन मुझे दिखाई नहीं दे रहे थे।"

अब मुझे अजीब लगा।

वो मुझे देख रही थी। पहचान रही थी।

दफ्तर गया। वहाँ मेरी टेबल थी। मेरी फाइलें थीं।

बॉस ने कहा, "राजीव, तुम कहाँ थे? छह महीने से गायब थे।"

"सर, मैं रोज़ आता था।"

"कब? मैंने तो नहीं देखा।"

सबने कहा वो मुझे नहीं देख पा रहे थे।

अब मैं समझ गया। जब अस्तित्व नहीं होता, तो लोग आपको देख नहीं पाते।

बैंक गया। अकाउंट चालू था।

फोन कंपनी गए। सिम चालू था।

सब कुछ वापस था।

लेकिन अब मुझे अजीब लग रहा था। मैं वापस अस्तित्व में था। लेकिन वो शांति नहीं थी।

सत्यापन लंबित कॉलोनी गया। अपने दोस्तों से मिलने।

वहाँ पहुंचा तो वो जगह खाली थी।

एक आदमी से पूछा, "यहाँ लोग कहाँ गए?"

"यहाँ कभी कोई नहीं रहा।"

मैं हैरान हो गया। राम किशन, सुषमा, अंकित, मोहन काका - सब कहाँ गए?

पंडित जी के पास गया।

"पंडित जी, वो लोग कहाँ गए?"

"कौन से लोग?"

"वो जो अस्तित्व खो चुके थे।"

"ऐसे कोई लोग नहीं होते।"

"लेकिन मैं उनसे मिला था।"

"तुमने सपना देखा होगा।"

अब मुझे अपने अस्तित्व पर शक होने लगा।

क्या मैं सच में अस्तित्व खो चुका था?

या मैंने सपना देखा था?

कुछ दिन बाद एक चिट्ठी आई।

"प्रिय राजीव कुमार बंसल,

बधाई हो! आप अब उन महीनों के लिए टैक्स देने योग्य हैं जब आप पीछे की तारीख से अस्तित्व में थे।

भुगतान न करने पर आपके अस्तित्व पर पुनर्विचार किया जाएगा।

धन्यवाद,
आयकर विभाग"

मैंने चिट्ठी को देखा। फिर आसमान देखा। फिर हंसने लगा।

अब मुझे पता चला कि मैं सच में हूँ। क्योंकि सरकार मुझसे टैक्स मांग रही है।

लेकिन एक बात समझ नहीं आई। वो लोग कहाँ गए? राम किशन, सुषमा, अंकित, मोहन काका।

या वो कभी थे ही नहीं?

या मैं अभी भी सत्यापन लंबित हूँ?

या ये सब एक सपना है?

या सपना वो था जब मैं अस्तित्व में था?

मैं अब भी नहीं जानता।

लेकिन हर रात तीन बजकर सत्रह मिनट पर मेरा फोन बजता है।

आवाज़ आती है राम किशन की।

"राजीव, तुम कहाँ हो?"

"मैं यहाँ हूँ।"

"कहाँ?"

"अस्तित्व में।"

"वो कहाँ है?"

मैं जवाब नहीं दे पाता।

क्योंकि मुझे नहीं पता कि अस्तित्व कहाँ है।

13. साबुन की गंध

मिल का सायरन बजा। पांच बजे सुबह। आधा कानपुर अभी सो रहा था। आधा जाग रहा था। शरीफ़ा उन जागने वालों में से थी। वह रोज़ की तरह उठी। अंधेरे में ही। सुबह की पहली रोशनी से भी पहले।

चारपाई के नीचे से लोटा निकाला। मुंह धोया। पानी की बूंदें अभी उसके चेहरे पर थीं कि उसकी माँ ने आवाज़ दी।

"शरीफ़ा, जल्दी कर। मिल पहुंचना है। देर हुई तो हाज़िरी कट जाएगी।"

शरीफ़ा चुप रही। चुप्पी उसकी ज़बान थी। उसका हथियार था। उसकी मजबूरी थी।

एक छोटा सा आईना। दरार वाला। उसमें अपना चेहरा देखा। बाईस साल की उम्र में चालीस की लगने लगी थी। आंखों के नीचे काले घेरे। होंठों पर सूखापन। बालों में सफेदी के धागे।

मिल में धागे लपेटने से उसके हाथ खुरदरे हो गए थे। उंगलियों पर मशीन के तेल के निशान। नाखूनों के नीचे कपास के रेशे।

मिल पहुंचने से पहले वह एक छोटी सी दुकान पर रुकी। वही जहां वह हर महीने जाती थी।

"बाबू, वही नीम वाला साबुन देना।"

दुकानदार ने हंसते हुए कहा, "अरे बहनजी, इतना सस्ता साबुन क्यों लेती हो? आजकल तो नया साबुन आया है, लड़कियां वही इस्तेमाल करती हैं।"

शरीफ़ा ने नज़र नीची कर ली। "वो महंगा है। हमारे लिए नहीं।"

कानपुर टेक्सटाइल मिल अंग्रेजों के ज़माने की थी। ईंटों की पुरानी इमारत। अंदर से धुंआ, शोर और पसीने की बदबू। सैकड़ों मशीनें एक साथ चलतीं। उनके बीच इंसान चींटियों की तरह घूमते।

शरीफ़ा सुबह छह बजे से शाम के छह बजे तक वहीं रहती। बारह घंटे। एक ही मशीन पर। धागा लपेटती। टूटा तो जोड़ती। बस।

वह अकेली नहीं थी। उसके जैसी सैकड़ों लड़कियां और औरतें थीं। पसीने में भीगी। थकी हुई। चुप।

मिल के मालिक रईस अहमद उर्फ़ रईस भाई की उम्र पचपन के पार थी। पर नज़र जवान थी। हर औरत को नापने वाली। तौलने वाली। मुनाफ़े में बदलने वाली।

रईस भाई का दफ्तर मिल के ऊपरी हिस्से में था। शीशे का कमरा। वहां से वह नीचे सब देख सकता था। हर मशीन। हर औरत। हर हरकत।

और हर रोज़ शाम को, जब मिल खाली होने लगती, वह अपने दफ्तर से उतरता। धीरे-धीरे चलता। मशीनों के बीच। औरतों के पास रुकता। कभी यहां, कभी वहां।

"काम कैसा चल रहा है?" वह पूछता।

औरतें सर झुका लेतीं। "ठीक है साहब।"

शरीफ़ा की मशीन आखिरी कतार में थी। उसके पास रईस भाई अक्सर रुकता। ज्यादा देर तक। "शरीफ़ा, तुम्हारा काम सबसे अच्छा है।" वह कहता और उसके कंधे पर हाथ रख देता। "तुम्हारे हाथों में जादू है।"

शरीफ़ा चुप रहती। सिर्फ़ सर हिला देती। जितना ज़रूरी था उतना ही।

मिल से लौटते वक्त बारिश शुरू हो गई। शरीफ़ा के पास छाता नहीं था। वह भीग गई। घर पहुंची तो पूरा बदन गीला था।

उसने अपने कपड़े उतारे। पुराना नीम वाला साबुन निकाला और खुद को धोने लगी। धीरे-धीरे। जैसे हर निशान मिटा रही हो।

साबुन की कड़वी गंध उसके कमरे में फैल गई। उसने साबुन अपने हाथों पर मला। गर्दन पर। बाहों पर। हर जगह जहां उसे लगता था कि रईस भाई ने छुआ है।

नीम का साबुन कड़वा होता है। जलन करता है। पर साफ़ भी करता है।

"इज़्ज़त भी अब नीम की तरह है," शरीफ़ा ने फुसफुसाते हुए कहा, अपने आप से। "कड़वी भी है, और हर बार छिल जाती है।"

वह अक्सर अपने आप से बात करती थी। दीवारों से बात करती थी। और कभी-कभी अपने साबुन से।

मिल में एक नई लड़की आई। नाम था नूरजहां। उन्नीस साल की। गोरी-चिट्टी। खूबसूरत। हंसमुख।

शरीफ़ा ने देखा कि रईस भाई की निगाहें अब नूरजहां पर टिक गई थीं। वह उसके पास ज्यादा रुकता। उसके काम की तारीफ़ करता। उसके कंधे पर हाथ रखता।

एक दिन नूरजहां ने शरीफ़ा से पूछा, "दीदी, ये रईस साहब हर वक्त मेरे पास क्यों खड़े रहते हैं?"

शरीफ़ा चुप रही। फिर धीरे से कहा, "बस काम अच्छे से करना। और कुछ नहीं सोचना।"

नूरजहां ने उसकी ओर देखा। "पर दीदी, मुझे अच्छा नहीं लगता। वो मेरे इतने करीब आते हैं कि मुझे उनके पान की गंध आती है।"

शरीफ़ा ने कहा, "नीम का साबुन इस्तेमाल किया करो। सब गंध मिट जाती है।"

हफ़्ते बाद नूरजहां गायब थी। कोई नहीं जानता कहां गई। बस रईस भाई ने सबको बताया कि उसका तबादला दूसरे शहर की मिल में हो गया है।

उस रात उसने खुद को तीन बार साबुन से धोया। फिर भी उसे लगा कि गंध मिट नहीं रही।

रईस भाई की बेटी की शादी थी। पूरी मिल को छुट्टी मिली। एक दिन की। पर वेतन पूरा। सब ख़ुश थे।

शरीफ़ा घर पर थी। अपने छोटे से कमरे में। अचानक दरवाज़ा खटखटाया। उसने खोला तो सामने रईस भाई थे।

"शरीफ़ा, मेरी बेटी की शादी है। तुम नहीं आओगी?"

शरीफ़ा हक्की-बक्की रह गई। "जी... मैं... मैं कैसे आऊं? मेरे पास अच्छे कपड़े भी नहीं..."

रईस भाई मुस्कुराए। "अरे, उसकी फ़िक्र मत करो। मैंने तुम्हारे लिए कुछ लाया है।" उसने शरीफ़ा को एक पैकेट थमाया। अंदर एक साड़ी थी। लाल रंग की। रेशम की।

"शाम को आ जाना। मेरी गाड़ी आएगी तुम्हें लेने के लिए।"

शरीफ़ा ने साड़ी को देखा। इतनी महंगी साड़ी उसने कभी छुई भी नहीं थी। वह चुप रही।

जब रईस भाई चले गए, तो उसने साड़ी निकाली। उसे अपने बदन पर रखा। आईने में देखा। फिर अचानक जैसे कुछ याद आया। उसने साड़ी को एक तरफ रखा और नीम का साबुन निकाला।

उस दिन वह शादी में नहीं गई। बीमार होने का बहाना किया।

अगले दिन मिल में रईस भाई ने उससे नाराज़गी से पूछा, "क्यों नहीं आई?"

शरीफ़ा ने धीरे से कहा, "साहब, मुझे बुखार था।"

रईस भाई ने उसे गौर से देखा। "झूठ बोल रही हो। तुम डरती हो मुझसे?"

शरीफ़ा ने सिर झुका लिया। "नहीं साहब।"

"तो फिर? क्या तुम्हें मेरा इनाम पसंद नहीं आया?"

"साहब, वो साड़ी बहुत महंगी थी। मेरे लायक नहीं।"

रईस भाई हंसे। "पहन कर तो देखो एक बार। अच्छी लगोगी।"

शरीफ़ा चुप रही। मशीन पर धागा लपेटती रही। रईस भाई ने उसके कंधे पर हाथ रखा। "आज शाम मेरे घर आ जाना। अकेले होंगे हम। बात करेंगे।"

शरीफ़ा ने सिर हिला दिया। हां में। उसके पास इनकार का अधिकार नहीं था।

उस रात शरीफ़ा रईस भाई के घर गई। वह लाल साड़ी पहनी थी। बालों में तेल डाला था। होंठों पर थोड़ा सा सिंदूर मला था।

रईस भाई अकेले थे। उन्होंने दरवाज़ा खोला और उसे अंदर बुलाया।

"वाह शरीफ़ा, तुम तो बिलकुल अलग लग रही हो। बिलकुल परी जैसी।"

शरीफ़ा मुस्कुराई। बिना आवाज़ के।

रईस भाई ने उसे बैठने को कहा। खुद शराब का गिलास भरा। "पियोगी?"

शरीफ़ा ने इनकार में सिर हिलाया।

"ठीक है। मैं पीता हूं।"

रईस भाई ने एक घूंट भरा। फिर शरीफ़ा के पास आकर बैठ गए। "तुम बहुत खूबसूरत हो शरीफ़ा। पर हमेशा चुप क्यों रहती हो?"

शरीफ़ा ने धीरे से कहा, "बोलने को कुछ है नहीं साहब।"

"अरे, मुझे साहब मत कहो। रईस कहो। सिर्फ़ रईस।"

फिर उसने अपना हाथ शरीफ़ा के हाथ पर रखा।

"मैं तुम्हारी बहुत इज़्ज़त करता हूं। तुम्हें बहुत पसंद करता हूं।"

शरीफ़ा ने कहा, "एक बात पूछूं साहब... रईस?"

"हां, पूछो।"

"साबुन की गंध कभी जिस्म में समा जाती है क्या?"

रईस भाई चौंके। "क्या मतलब?"

"मैं हर रोज़ नीम के साबुन से नहाती हूं। फिर भी मुझे लगता है कि मेरे बदन से गंध आती है।"

रईस भाई हंसे। "कैसी गंध?"

"पता नहीं। बस गंध। जैसे कुछ सड़ रहा हो। जैसे कोई मरा हुआ छूकर गया हो।"

रईस भाई ने उसके कंधे पर हाथ रखा। "तुम बहुत अजीब बातें करती हो शरीफ़ा। मुझे तो तुमसे बहुत अच्छी खुशबू आती है।"

उसने अपना मुंह शरीफ़ा के कंधे के पास ले जाकर गहरी सांस ली। "हां... बहुत अच्छी खुशबू।"

शरीफ़ा चुप रही। फिर धीरे से उठी। "मुझे घर जाना होगा साहब।"

"अभी? अभी तो आई हो।"

"माँ इंतज़ार कर रही होगी।"

रईस भाई ज़रा नाराज़ हुए। "ठीक है। कल मिल में मिलते हैं।" शरीफ़ा ने सिर झुकाया और बाहर निकल गई।

घर पहुंची तो सीधे नल के पास गई। कपड़े उतारे और नीम का साबुन लेकर अपने पूरे बदन को रगड़ने लगी। इतनी ज़ोर से कि त्वचा लाल हो गई।

अगले दिन से शरीफ़ा ने और ज़्यादा साबुन इस्तेमाल करना शुरू कर दिया। सुबह। शाम। रात। हर वक़्त।

उसके हाथों से अब हमेशा नीम की गंध आती। उसके कपड़ों से। बालों से। हर चीज़ से।

मिल में लोग कहने लगे, "शरीफ़ा के कपड़े अब ज़्यादा साफ़ लगते हैं... और आँखें ज़्यादा गंदी।"

रईस भाई अब उसके पास कम आते। दूर से ही देखते। कभी-कभी नाक सिकोड़ते, जैसे उन्हें कोई बदबू आ रही हो।

दिन मिल में एक लड़की आई । सलमा। अठारह साल की। गोरी-चिट्टी। हंसमुख। बिलकुल नूरजहां जैसी।

शरीफ़ा ने देखा कि रईस भाई अब सलमा के पास ज़्यादा रुकते थे। उसके काम की तारीफ़ करते। उसके कंधे पर हाथ रखते।

एक दिन सलमा ने शरीफ़ा से पूछा, "दीदी, ये रईस साहब हर वक़्त मेरे पास क्यों खड़े रहते हैं?"

शरीफ़ा ने उसे गौर से देखा।

फिर अपनी जेब से एक छोटा सा पैकेट निकालकर दिया। "ये लो।"

"क्या है इसमें?"

"नीम का साबुन। इससे नहाना। हर रोज़। तीन बार।"

सलमा ने हैरानी से पूछा, "क्यों?"

शरीफ़ा पहली बार मुस्कुराई। "ताकि तुम्हारी इज़्ज़त बची रहे। साबुन की गंध से रईस भाई दूर रहेंगे।"

सलमा ने साबुन ले लिया। पर समझी नहीं।

दिवाली के दिन मिल में छुट्टी थी। पर शरीफ़ा को बुलाया गया था। कुछ ज़रूरी काम के लिए।

वह अकेली मिल में पहुंची। रईस भाई उसका इंतज़ार कर रहे थे।

"शरीफ़ा, तुम आ गईं। अच्छा हुआ।"

शरीफ़ा चुप रही।

"मिल में कुछ दिवाली के लिए सजावट करनी है। तुम मदद करोगी?"

शरीफ़ा ने सिर हिलाया। हां में।

दोनों मिल के अंदर गए। वहां और कोई नहीं था। अंधेरा था। सिर्फ़ कुछ मशीनों के पास बल्ब जल रहे थे।

रईस भाई ने कहा, "पहले मशीन रूम में चलते हैं। वहां दीये रखने हैं।"

शरीफ़ा उनके पीछे-पीछे चली। मशीन रूम में पहुंचते ही रईस भाई ने दरवाज़ा बंद कर दिया। शरीफ़ा के पास आ गए। "शरीफ़ा, तुम मुझसे बचती क्यों हो?"

शरीफ़ा ने कहा, "नहीं साहब, ऐसी कोई बात नहीं।"

"झूठ मत बोलो। मैं देखता हूं तुम्हें। तुम मुझसे नज़रें चुराती हो। और ये क्या है? हर वक्त नीम के साबुन की गंध। क्या तुम्हें लगता है कि मैं इससे दूर रहूंगा?"

"साहब, आपको मेरी गंध पसंद नहीं है ना?"

रईस भाई हंसे। "अब कोई गंध नहीं होगी शरीफ़ा। सिर्फ़ तुम और मैं।"

अगले दिन पूरा कानपुर जाग गया। खबर चारों ओर फैल गई।

"कानपुर टेक्सटाइल मिल में आग। मालिक रईस अहमद और एक महिला मज़दूर की मौत।"

फायर ब्रिगेड ने आग पर काबू पाया। पर बहुत देर हो चुकी थी।

राख में से दो चीज़ें मिलीं। एक लोहे की चाबी। और नीम के साबुन की एक अधजली टिकिया।

पुलिस ने कहा, "हादसा था। दीवाली के दीये से आग लगी होगी।"

किसी ने सवाल नहीं उठाया।

जब सब चले गए, वह अकेली खड़ी रही मिल के बाहर। उसके हाथ में नीम का वही साबुन था जो शरीफ़ा ने उसे दिया था। उसने साबुन को सूंघा। नीम की कड़वी गंध अब भी थी।

"इज़्ज़त भी अब नीम की तरह है," सलमा ने फुसफुसाते हुए कहा, अपने आप से। "कड़वी भी है, और हर बार छिल जाती है।"

14. बासी दूध

पुरानी दिल्ली की तंग गलियों में, जहां धूप भी थक कर आती थी, एक तीसरी मंज़िल पर सफ़िया का घर था। सीढ़ियां चढ़ते हुए हमेशा एक ही महक आती थी — बासी दूध की।

सफ़िया की अम्मी हर सुबह दूध उबालतीं। कभी जलता, कभी बिखरता, कभी फटता। लेकिन वह रोज़ उबालतीं। जैसे कोई इबादत हो, कोई मंत्र हो, कोई जरूरत हो जिससे छुटकारा नहीं।

सफ़िया ग्यारह साल की थी। स्कूल में उसकी आवाज़ नहीं थी। उसकी कापियों में अजीब तस्वीरें थीं।

अब्बू फैक्ट्री से निकाल दिए गए थे। "उस वाक्ये" के बाद, जिसके बारे में घर में कभी बात नहीं होती थी। अब वे दिन भर घर पर रहते। हर शाम को एक बोतल लेकर आते। हर रात को कुछ चिल्लाते।

दीवार पर एक कैलेंडर लटका था, अप्रैल का। छः महीने बीत चुके थे, लेकिन कैलेंडर वहीं अटका था।

"खामोशी के भी कई रंग होते हैं; सफ़िया के पास सबसे गहरा था।"

स्कूल में उस दिन "अच्छा स्पर्श, बुरा स्पर्श" का लेक्चर था। सफ़िया ने उस दिन भी चुप्पी साधी थी। उसकी आंखें कापी पर थीं, जिस पर वह किसी का चेहरा बना रही थी — बिना चेहरे का चेहरा, सिर्फ़ एक काला गोला था, जिसमें से कई लकीरें निकल रही थीं।

टीचर ने उसकी कापी देखी।

"सफ़िया, यह क्या है?"

"कुछ नहीं, टीचर जी।"

"यह कौन है?"

"कोई नहीं, टीचर जी। बस एक चेहरा है।"

अगली शाम अब्बू उसके लिए एक नई कापी लाए। इत्र और जले हुए शक्कर की महक थी उसमें।

"अब कुछ खूबसूरत बनाना," अब्बू ने कहा, बहुत चौड़ी मुस्कान के साथ।

सफ़िया ने सिर हिलाया। उसकी हर ड्रॉइंग में एक आदमी बैठा होता था, लेकिन उसका चेहरा हमेशा मिटा हुआ होता था।

किचन में दूध उबल रहा था। अम्मी की आंखें खाली थीं। उनके हाथ कांप रहे थे। दूध की सफ़ेदी और उनकी आंखों की सफ़ेदी में कोई फर्क नहीं था।

"अम्मी, आपके हाथ कांप रहे हैं," सफ़िया ने कहा।

अम्मी ने मुड़कर देखा, जैसे पहली बार देख रही हों। "तुम भी यहीं हो? मैंने सोचा तुम स्कूल चली गईं।"

"अभी तो सुबह के पांच बजे हैं, अम्मी।"

"अच्छा," अम्मी ने कहा और फिर दूध की ओर देखा, जो अब उफन रहा था। "लेकिन दूध तो सुबह का ही होता है," वह बुदबुदाईं।

सफ़िया खामोश खड़ी थी। उसने अपना हाथ बढ़ाया और अम्मी की कलाई पकड़ ली। कुछ निशान थे वहां, कुछ नीले, कुछ पीले, कुछ ताज़े लाल।

अम्मी ने अपना हाथ छुड़ा लिया। "जाओ, अब्बू को जगाओ। कहो दूध तैयार है।"

दूध फट चुका था। बासी दूध। उसकी महक घर के हर कोने में फैल चुकी थी।

"जब दरिया सूख जाता है, तो मछलियां रेत में अपना रास्ता खुद बनाती हैं।"

सफ़िया ने अपनी नई कापी खोली। पहले पन्ने पर एक फूल बनाया, लेकिन वह फूल कुछ अजीब था — उसके पत्ते तेज़ धार वाले थे, और उसके बीच में एक आंख थी। उसने एक और पन्ना पलटा और एक घर बनाया। घर के अंदर एक आदमी खड़ा था। उसका चेहरा नहीं था, सिर्फ़ एक काला धब्बा था। घर के बाहर एक औरत थी।

"क्या बना रही हो?" अब्बू अचानक उसके पीछे आ खड़े हुए।

सफ़िया चौंक गई। "कुछ नहीं, अब्बू। बस एक घर।"

"दिखाओ," उन्होंने कहा, हाथ बढ़ाते हुए।

सफ़िया ने कापी उनकी ओर बढ़ा दी। अब्बू ने देखा, फिर हंसे। उनकी हंसी में कुछ अजीब था, जैसे उनके अंदर कोई और हंस रहा हो।

"यह औरत कौन है?"

"अम्मी," सफ़िया ने कहा, आंखें झुकाते हुए।

"और यह काला आदमी?" अब्बू ने पूछा, आवाज़ में कुछ तनाव के साथ।

सफ़िया चुप रही। अब्बू ने कापी उसकी ओर वापस फेंक दी।

"अब से कुछ और बनाया करो। समझीं?" उन्होंने कहा, दांत दिखाते हुए, जो मुस्कुराहट नहीं थी। "रेज़ा-ए-इलाही में जो बच्चे अच्छी तस्वीरें बनाते हैं, उन्हें अच्छा इनाम मिलता है।"

उस रात सफ़िया ने सुना कि अम्मी रो रही थीं। दूध के बर्तन गिरने की आवाज़ आई।

सफ़िया ने अपना फैसला कर लिया था। वह अब खुद दूध उबालेगी। रात को। जब सब सो जाते हैं।

रात के दो बजे, वह चुपचाप किचन में आई। दूध का डिब्बा निकाला। पानी उबाला। धीरे-धीरे दूध डाला। अपने अम्मी की तरह नहीं, जो हमेशा दूध गिरा देती थीं। सफ़िया सावधान थी।

उसने दूध में कुछ और मिलाया — कुछ पाउडर, जो वह अब्बू के कमरे से लाई थी। वह पाउडर जिसे अब्बू रात को पानी में मिलाकर पीते थे और फिर बहुत गहरी नींद में सो जाते थे।

उसने दूध को ठंडा होने दिया, फिर उसे एक कप में डाला। इस बार दूध नहीं बिखरा।

सुबह अम्मी रसोई की मेज़ पर सो रही थीं। उनका चेहरा गीला था। लेकिन वह मुस्कुरा रही थीं। कई महीनों बाद पहली बार।

उस सुबह कोई दूध नहीं बना। कैलेंडर अभी भी अप्रैल का था।

स्कूल में सफ़िया ने एक नया चित्र बनाया — एक लड़की पूर्णिमा के चांद के नीचे दूध पी रही थी। आदमी अब नहीं था।

उसकी टीचर ने चित्र देखा और मुस्कुराईं। "बहुत खूबसूरत है, सफ़िया। पहली बार तुमने कुछ इतना शांत बनाया है।"

सफ़िया ने सिर हिलाया। वह अभी भी बोलती नहीं थी, लेकिन अब उसकी आंखों में एक अलग चमक थी।

जब वह घर पहुंची, तो अम्मी दरवाज़े पर खड़ी थीं। उनके बाल खुले थे। हाथों पर कोई निशान नहीं था।

"आज हम दोनों दूध उबालेंगे," अम्मी ने कहा। "लेकिन पहले कुछ और काम करना है।"

उन्होंने सफ़िया का हाथ पकड़ा और उसे अंदर ले गईं। घर में कुछ बदला-बदला था। कैलेंडर अब अप्रैल का नहीं था। अब वह अक्टूबर का था, वर्तमान महीने का।

और अब्बू का सामान पैक किया जा रहा था।

उन्होंने दूध को दो कपों में डाला — एक बड़ा, एक छोटा। फिर उन्होंने एक तीसरा कप भी भरा। "यह उनके लिए," उन्होंने कहा। "हम इसे खिड़की से बाहर डाल देंगे, ताकि हवा ले जाए। कहीं दूर। जहां से वह कभी वापस न आए।"

घर में हर सुबह दूध उबलता था। लेकिन अब वह कभी नहीं फटता था।

कैलेंडर अब हर महीने बदलता था।

उसके कमरे की दीवार पर कई चित्र लगे थे — एक लड़की जो दूध पी रही है, एक ऐसा घर जिसमें सूरज की रोशनी है, एक ऐसा आसमान जिसमें पक्षी उड़ रहे हैं।

सुबह होती है,

दूध उबलता है,

ताज़ा, गरम, सफ़ेद,

दो हाथ उसे थामते हैं,

माँ और बेटी के।

15. कब्र के नीचे माँ ज़िंदा है

लाहौर की बस्ती गुम्मट वाली। तंग गलियाँ। धँसे हुए मकान। और सीवर के ढक्कनों से उठती बदबू जो हर मकान के अंदर घुस जाती है, रोटियों पर बैठ जाती है, और थालियों में तैरती रहती है।

शकील इसी बस्ती का कब्रिस्तान संभालता था। उम्र कोई चालीस के आसपास। सूखा हुआ चेहरा, जिस पर मिट्टी की परतें थीं। आँखें ऐसी गहरी कि जैसे किसी ने कब्र खोद दी हो उसके चेहरे पर।

उसकी माँ आमना बी चार महीने पहले मरी थी। लोग कहते थे बुखार से, पर शकील जानता था — वह भूख से मरी थी।

"बेटा, रोटी..." आखिरी शब्द थे उसके। शकील ने रोटी लाने के लिए काम पर जाना चाहा था। पर आमना बी ने उसका हाथ पकड़ लिया और फिर नहीं छोड़ा। तब तक जब तक हाथ ठंडा नहीं पड़ गया।

शकील ने खुद अपनी माँ की कब्र खोदी थी। पूरी रात। हर फावड़े के साथ धरती की आह। हर मिट्टी के ढेले के साथ उसकी आँख का पानी। सुबह होते-होते गड्ढा तैयार था।

"मर्द जब रोता है, तो गीली मिट्टी महकने लगती है," वह अक्सर यह बात कहता। लोग समझते थे — पागल है।

"क्या खोज रहा है शकील भाई?"

बस्ती के इकलौते पान-वाले ज़फ़र का सवाल था।

शकील कब्रिस्तान के बाहर फुटपाथ पर बैठा कुछ छांट रहा था।

"कुछ नहीं... बस यूँ ही..."

शकील के सामने एक छोटा-सा बोरा था जिसमें से वह चीज़ें निकाल रहा था। एक टूटा हुआ चूड़ा, एक बच्चे का जूता, एक अधजली तस्वीर, और एक पुराना पैसा।

"कहाँ से आती हैं ये चीज़ें?" ज़फ़र ने फिर पूछा।

शकील ने गंभीरता से देखा। "कब्रों से। जो मैं खोदता हूँ।"

ज़फ़र चौंक गया। "अस्तग़फ़िरुल्लाह! यह तो चोरी है!"

शकील ने उसे देखा, जैसे वह कोई अजीब मखलूक़ हो। "चोरी? मैं तो बचा लेता हूँ, जो मिट्टी निगल जाती है। मुर्दों को क्या करना है इन चीज़ों का?"

ज़फ़र ने थूक दिया।

"तुझे अल्लाह से डर नहीं लगता?"

शकील मुस्कुराया। "अल्लाह से? वह तो मुझे रोज़ देखता है जब मैं कब्रें खोदता हूँ। अगर उसे एतराज़ होता, तो अब तक रोक देता।"

ज़फ़र ने मुँह फेर लिया। पागल से बहस कौन करे।

शकील धीरे-धीरे अपनी चीज़ें समेटने लगा। फिर बोरे को कंधे पर डाला और चल पड़ा। ज़फ़र ने देखा — वह कब्रिस्तान के उस कोने की तरफ जा रहा था जहाँ उसकी माँ दफ़न थी।

शकील की दुनिया कब्रों तक सीमित थी। वह सुबह उठता, नमाज़ पढ़ता, और फिर कब्रिस्तान चला जाता। लोग आते। लाशें लाते। वह खोदता। जनाज़ा पढ़ा जाता। लाश को दफ़नाया जाता। लोग चले जाते। वह अकेला रह जाता था।

क़ब्रिस्तान उसका घर था। और कब्रें उसकी रिश्तेदार।

"क्या लायेगा आज अपनी अम्मी के लिए?" कभी-कभी वह खुद से पूछता। और फिर नई कब्रों को खोदते वक्त ध्यान से देखता कि कोई चीज़ मिल जाए।

एक दिन वह एक लड़की की कब्र खोद रहा था। होगी कोई आठ-नौ साल की। मोहल्ले में चेचक से मरी थी। उसके बाल लंबे थे और शकील को लगा कि वह उसकी माँ जैसी दिखती है। कब्र खोदते-खोदते उसने अचानक कहा —

"बच्चों की लाशें हल्की होती हैं... मगर ज़मीर उनसे भारी हो जाता है।"

जो लोग पास खड़े थे, वे एक-दूसरे को देखने लगे। पागल है। दिमाग़ ख़राब है। पर शकील जानता था कि वह क्या कह रहा है। उसके पास तालीम नहीं थी, लेकिन ज़िंदगी का इल्म था। और मौत का तो वह उस्ताद था।

उस रात उसने वह कब्र खोदी और एक गुड़िया निकाली जो उस लड़की के साथ दफ़न की गई थी। गुड़िया की एक आँख निकल गई थी, और उसके कपड़े सड़ गए थे। लेकिन शकील के लिए वह बेशकीमती थी।

आमना बी की कब्र पर अब एक अजीब नज़ारा था। शकील ने उस पर तरह-तरह की चीज़ें सजा दी थीं। चूड़ियाँ, जूते, तस्वीरें, खिलौने, चम्मच, और न जाने क्या-क्या।

लोग इसे देखकर हैरान होते, लेकिन कोई कुछ कहता नहीं। बस्ती में सब जानते थे — शकील पागल है। माँ की मौत ने उसका दिमाग़ ख़राब कर दिया है।

रात को जब सब सो जाते, तो शकील अपनी माँ की कब्र के पास बैठता और बातें करता। कभी-कभी उसे लगता कि कब्र से आवाज़ आ रही है।

"माँ ज़िंदा है," वह खुद से कहता। "वो मरी नहीं... साँस लेती है..."

और फिर वह ज़मीन पर कान रखकर सुनने की कोशिश करता। क्या माँ की साँसें सुनाई देती हैं?

बारिश हुई। ज़ोरदार बारिश। कब्रिस्तान में पानी भर गया। कुछ ताज़ा कब्रें धँस गईं। लोग चिल्लाने लगे — "क़यामत आ गई!"

शकील ने देखा — माँ की कब्र भी धँस रही है। उसने दौड़कर अपना सामान उठाया और उस पर से सारी चीज़ें हटाने लगा।

"माँ! माँ!" वह चिल्लाने लगा। "मैं आ रहा हूँ!"

लोगों ने उसे रोकना चाहा, पर वह किसी की नहीं सुन रहा था। उसने फावड़ा उठाया और अपनी माँ की कब्र खोदने लगा।

मिट्टी गीली थी और आसानी से हट रही थी। शकील तेज़ी से खोदता गया। उसके कपड़े कीचड़ से सन गए थे। लेकिन वह रुका नहीं।

"माँ, अभी आया!" वह बार-बार कहता जा रहा था।

लोग जमा हो गए थे। कोई कह रहा था — "पकड़ो इसे!" कोई कह रहा था — "मौलवी को बुलाओ!"

मगर कोई शकील के पास जाने की हिम्मत नहीं कर रहा था। वह इस तरह खोद रहा था जैसे जिन्न ने पकड़ लिया हो।

फिर अचानक फावड़ा कुछ सख्त चीज़ से टकराया। कफ़न था। शकील ने फावड़ा फेंका और अपने हाथों से मिट्टी हटाने लगा।

"माँ, मैं आ गया!"

उसने कफ़न को फाड़ दिया। लोग चीखने लगे। औरतें मुँह फेरकर भागने लगीं।

आमना बी का चेहरा था। या जो बचा था उसका।

शकील ने अपना चेहरा उसके सीने पर रख दिया।

"माँ! मैं रोटी लाया हूँ! देखो!"

उसने अपनी जेब से एक रोटी का टुकड़ा निकाला और आमना बी के सूखे होंठों पर रखने की कोशिश की।

"खाओ माँ! तुम भूखी थीं न?"

तभी किसी ने पीछे से शकील को पकड़ लिया। ज़फ़र था और कुछ और लोग।

"पागल हो गया है तू! छोड़ दे इसे!"

शकील ने झटका दिया। "छोड़ो मुझे! माँ ज़िंदा है!"

"तेरी माँ मर चुकी है शकील! चार महीने हो गए!"

"झूठ! वो साँस ले रही है! मैंने सुना है!"

फिर शकील ने एक ज़ोरदार झटका दिया और खुद को छुड़ा लिया। वह कब्र में कूद गया और अपनी माँ के सूखे शरीर को गले लगा लिया।

"देखो! देखो! गरम है! जिस्म गरम है!"

ज़फ़र और बाकी लोग कब्र के किनारे खड़े थे। उन्होंने एक-दूसरे को देखा। क्या करें?

तभी मौलवी साहब आ गए। उन्होंने शकील को देखा और कहा — "ये गुनाह है! लाश को निकालना हराम है!"

शकील ने ऊपर देखा। उसकी आँखों में आग थी। "मेरी माँ लाश नहीं है! वो ज़िंदा है!"

मौलवी साहब ने पीछे हटते हुए कहा —

"इसे पकड़ो! यह जिन्न का साया है इस पर!"

चार-पाँच आदमियों ने कब्र में उतरकर शकील को पकड़ लिया। वह चीखता रहा, लेकिन उसकी ताकत जवाब दे गई। उसे खींचकर बाहर निकाला गया।

कब्र को फिर से भर दिया गया।

कोई दुआ पढ़ी गई। लोग धीरे-धीरे चले गए।

शकील को उसके कमरे में बंद कर दिया गया। पूरी रात वह रोता रहा।

"माँ ज़िंदा है... माँ ज़िंदा है..."

शाम को ज़फ़र कब्रिस्तान से गुज़र रहा था। उसने देखा — आमना बी की कब्र फिर से खुली हुई है।

"या अल्लाह!" वह दौड़कर कब्र के पास गया। कब्र खुली थी और खाली थी। न आमना बी थी, न शकील।

लोगों को इकट्ठा किया गया। मौलवी साहब को बुलाया गया। सब हैरान थे।

"क्या हुआ होगा?"
"कोई जानवर ले गया होगा!"
"नहीं, ये शकील का काम है!"
"पर वह लाश को कहाँ ले गया होगा?"
"और खुद कहाँ छिप गया?"

कोई जवाब नहीं था किसी के पास।

हफ्ते भर बाद एक अजीब खबर आई। शहर के दूसरे छोर पर एक पुराना खंडहर था। लोग कहते थे वहाँ जिन्न रहते हैं। किसी ने वहाँ रात को रोशनी देखी थी।

कुछ नौजवान हिम्मत करके गए। अंदर जाकर देखा तो चौंक गए।

शकील उसे खाना खिला रहा था। वह उसके सूखे होंठों पर रोटी का टुकड़ा रगड़ रहा था और कह रहा था — "खाओ माँ! आज तुम्हारे लिए हलवा लाया हूँ! तुम्हें पसंद था न?"

लड़के डर कर भाग गए। फिर पूरी बस्ती इकट्ठी हुई।

"माँ ज़िंदा है... माँ ज़िंदा है..."

आमना बी की लाश को फिर से कफ़न में लपेटा गया। जनाज़ा पढ़ा गया। इस बार पुराने कब्रिस्तान की बजाय नए कब्रिस्तान में दफ़नाया गया, जो शहर के दूसरे छोर पर था।

"शकील भाई की माँ हर रात मिट्टी से बाहर आती है और उसके लिए दूध रखती है।"

बड़े लोग उन्हें डाँटते। "चुप रहो! ऐसी बातें नहीं करते!"

लेकिन बच्चे आपस में फुसफुसाते रहते — "हमने देखा है! सच में! वो मिट्टी से बाहर आती है!"

लाहौर की बस्ती गुम्मट वाली में आज भी एक कहानी प्रचलित है। लोग कहते हैं — जिस माँ का बेटा प्यार से पुकारे, वह कब्र के नीचे भी ज़िंदा रहती है।

और बच्चे आज भी कब्रिस्तान के पास जाते हैं और फुसफुसाते हैं —

"शकील भाई और उनकी अम्मी आज भी मिट्टी से बाहर आते हैं और एक-दूसरे को खाना खिलाते हैं।"

कोई मानता है, कोई नहीं। पर बस्ती की तंग गलियों में अब भी रात को कभी-कभी किसी के रोने की आवाज़ आती है।

और लोग आपस में कहते हैं —

"कब्र के नीचे माँ ज़िंदा है..."

16. बिलकुल साफ़ है

गली नंबर चार में सिर्फ खुरदरे लोग रहते हैं।

पतली दीवारों वाले मकान, जिनमें हर रात किसी न किसी की आहें छनती हैं। साल-भर का धूल-मिट्टी का पोचा यहाँ की औरतों के चेहरों पर भी दिखता है। उनके होंठों पर मेहंदी और आँखों में देखने को गम न सही, इंतज़ार ज़रूर मिलता है।

गंगाघाट से महज़ दो गलियाँ दूर यह मोहल्ला शहर के मानचित्र पर तो है, मगर किसी की उम्मीदों में नहीं। दूध वाले आते हैं, अखबार वाले भी। मगर सपने यहाँ तक नहीं पहुँचते। वे हमेशा गली नंबर तीन में ही रुक जाते हैं, जहाँ सरकारी स्कूल खत्म होता है।

सुजाता का घर मोड़ पर था। चौदह साल की लड़की जिसके कंधों पर बर्तन और पैरों पर चुप्पी का बोझ था। स्कूल कभी गई नहीं, इसलिए अपना नाम लिखना भी नहीं जानती थी। पर अपनी उम्र जानती थी। वैसे भी यहाँ लड़कियों को अपनी उम्र जल्दी याद आ जाती है।

उसकी माँ रूपा चौधरी मोहल्ले में सम्मानित थीं। दूसरों की चादरें सिलती थीं और अपनी इज़्ज़त खुद ओढ़ती थीं। सुजाता को हमेशा कहतीं, "बस घर के अंदर रह। बाहर कुछ नहीं रखा है।"

सुजाता मानती थी। कभी सवाल नहीं किया। दिन में बर्तन माँजती, शाम को दाल में नमक डालती, और रात को अकेली खाट पर सोती थी।

उसकी आँखों में हमेशा एक अजीब-सी परत दिखती थी। जैसे जलने के बाद दूध पर जो झिल्ली बनती है - ऊपर से सफ़ेद, चमकदार, मगर अंदर से झुलसी हुई।

मोहल्ले की औरतें कहतीं: "बिलकुल साफ़ बच्ची है। नज़र उतारने वाली।"

ऐसे ही एक दिन, बारिश के बाद, गली नंबर चार में नया आदमी आया था। खड़ी पतलून, झोला, और दो दिन पुरानी दाढ़ी। पवन मास्टर। सरकारी स्कूल में हिंदी और गणित पढ़ाने वाला।

कमरा रूपा चौधरी के घर के ठीक पीछे का मिला था। भाड़ा कम था। तंग जगह में सिर्फ एक खाट, एक अलमारी और किताबों का ढेर।

पहली मुलाकात में ही उसने सुजाता को देखा था। धुली हुई सफ़ेद सलवार-कमीज़ में, बालों का जूड़ा बांधे, आँखें झुकाए। पहली बार उसकी तरफ देखकर पवन मास्टर मुस्कुराया था। एक अजीब मुस्कान, जिसमें गर्मी नहीं, सिर्फ चमक थी।

"बेटी स्कूल नहीं जाती?" उसने रूपा से पूछा था।

रूपा ने कहा था, "जी मास्टर साहब, इसकी उम्र अब पढ़ाई की नहीं रही। घर का काम सीख रही है। इसी में इसकी भलाई है।"

मास्टर ने सिर हिलाया था। "कोई बात नहीं। मैं आ जाया करूँगा। थोड़ा-बहुत पढ़ा दूँगा।"

"अरे न न," रूपा ने हाथ जोड़े थे, "इतनी इनायत की क्या ज़रूरत।"

मगर पवन मास्टर की आँखों में वही मुस्कान थी। जैसे चाकू को रुमाल से पोंछा जा रहा हो।

"कोई तकल्लुफ़ नहीं। हम सब एक ही मोहल्ले के हैं। मैं आ जाया करूँगा।"

और आने लगा। हर शाम पांच बजे, जब गली में कम रौशनी होती थी और ज़्यादा शोर। सुजाता उसके सामने बैठती, और वह उसे अक्षर सिखाता।

पहले हफ्ते, उसने सिर्फ सुजाता का नाम लिखना सिखाया था। हर अक्षर के साथ, हर स्ट्रोक के बाद, वह "शाबाश" कहता और अपनी उंगलियाँ उसकी कॉपी पर फेरता।

पहली बार किसी ने सुजाता को "शाबाश" कहा था।

दूसरे हफ्ते, वह 'सु' के साथ 'मन' भी जोड़ने लगी थी। 'सुमन'। "यह एक फूल का नाम है," मास्टर ने कहा था। और फिर हर पेज के कोने पर एक छोटा-सा फूल बना दिया था।

तीसरे हफ्ते, फूल बनाना बंद हो गया था। अब वह सुजाता के हाथ को अपने हाथ में लेकर लिखवाता था। उसकी उंगलियाँ सुजाता की कलाई पर देर तक टिकी रहतीं।

चौथे हफ्ते, वह उसकी कॉपी को बंद करके अपनी जेब में रख लेता था। "अगली बार देखेंगे। अब तुम्हें कुछ और सिखाता हूँ।" और फिर खाट पर बैठकर, उसके कंधे पर हाथ रखता था। सुजाता चुप रहती थी। न हाँ, न ना। बस वही जली हुई दूध वाली आँखें।

रूपा चौधरी कभी कमरे में नहीं आती थीं। "मास्टर साहब के सामने बैठने की औकात कहाँ," वह कहती थीं। बस दरवाज़े के पीछे से, अधखुली आँखों से देखती रहतीं - अपनी बेटी को, अपने आँगन को, आने वाले कल को।

हर रात, जब पवन मास्टर जाता था, तो गली के कुत्ते भौंकने लगते थे। जैसे कोई अजनबी आया हो, या कोई जाना-पहचाना जिसके पास से अजीब गंध आती हो।

रात में सुजाता अपनी खाट पर अकेली लेटती थी।

अब वह पहले से ज़्यादा खामोश थी। उसकी खाट भी, जैसे कि उसके साथ ही दब गई हो।

एक दिन सुबह, जब वह आँगन में पानी डाल रही थी, पड़ोस की लक्ष्मी काकी आईं।

"बेटी," उन्होंने धीरे से कहा, "मास्टर तुझे क्या पढ़ाता है?"

सुजाता ने सिर झुकाकर कहा, "अक्षर।"

"और क्या सिखाता है?"

सुजाता चुप रही।

लक्ष्मी काकी ने उसके हाथ उठाकर देखे। उनपर हल्के-हल्के निशान थे, जैसे उंगलियों के।

"ये क्या है?"

"पता नहीं। शायद कुछ गिरा होगा।"

लक्ष्मी काकी ने और कुछ नहीं कहा। वापस अपने घर चली गईं। मगर उस दिन से, जब भी पवन मास्टर आता, उनकी खिड़की खुल जाती।

सुजाता की माँ रूपा यह सब देखती थीं। मगर कुछ नहीं कहतीं। आजकल वह ज़्यादा सिलाई करने लगी थीं। चादरें, दुपट्टे, परदे - सब सिलते जाती थीं जैसे कोई अपने सपनों को सिल रहा हो। "मास्टर साहब बड़े नेक हैं," वह मोहल्ले में कहती थीं। "मेरी सुजाता को मुफ्त में पढ़ाते हैं। जब देखो तब। कभी घंटा, कभी डेढ़ घंटा। और कुछ नहीं लेते, न चाय-पानी, न पैसा।"

मगर उनकी आँखें अब सुजाता की आँखों में कम, उसकी सिलाई में ज़्यादा देखती थीं।

मोहल्ले की औरतें माथा टेकतीं: "वाकई, बहुत शरीफ़ आदमी है। ज़माना ही खराब है।"

हर शाम, जब पवन मास्टर आता, तो घर की खुशबू बदल जाती थी। फूलों की जगह अब मिट्टी की खुशबू आने लगी थी। जैसे कोई तालाब सूख रहा हो।

पाँचवें महीने, आधी रात को, सुजाता की चीख सुनाई दी। रूपा दौड़कर गईं। सुजाता को पसीना आ रहा था, उसके होंठ काँप रहे थे।

"क्या हुआ?" रूपा ने पूछा। "सपना देखा?"

सुजाता ने कहा, "हाँ, माँ। मैंने देखा कि मैं पूरी तरह साफ़ हो गई हूँ। बिलकुल साफ़। इतनी साफ़ कि मेरे अंदर कुछ भी नहीं बचा।"

रूपा ने उसे पानी पिलाया और अपने पास सुलाया। रात में, वह देखती रहीं कि सुजाता के हाथ अपने पेट पर बार-बार जाते हैं, जैसे कुछ ढूँढ रहे हों।

अगले दिन, रूपा ने मास्टर से बात की।

"साहब, अब सुजाता को थोड़ा आराम चाहिए। पढ़ाई में उसका मन नहीं लग रहा।" मास्टर ने मुस्कुराकर कहा, "कोई बात नहीं। मैं कल आकर देख लूँगा।"

उस रात, गली में अजीब शांति थी। कुत्ते भी नहीं भौंके।

अगली सुबह, सब कुछ ग़ायब।

मोहल्ले में हल्ला हुआ।

"अचानक चला गया?"
"किराया भरा था कि नहीं?"
"कहीं कुछ उठा तो नहीं लिया?"

जवाब सिर्फ रुपा के पास था: "किराया दो महीने का अड्वांस था। बहुत शरीफ़ आदमी था। शायद ट्रांसफर हो गया हो।"

लोगों ने सिर हिलाया: "ज़्यादा ही शरीफ़ था। अजीब आदमी था।"

कोई रिपोर्ट नहीं हुई। कोई अफ़सोस भी नहीं था। बस एक आदमी आया था और चला गया था। गली नंबर चार के लिए बात बिलकुल साफ़ थी।

17. ज़मीन का स्वाद

उस सुबह आसमान से पानी बरसा तो भोलानाथ रोना चाहता था, पर उसके गले से आवाज़ नहीं निकली। उसकी गूंगी आँखों में एक चमक थी, जैसे कोई दीये की लौ, जिसे हवा छू न पाए। बारिश की पहली बूँदें तीन साल के इंतज़ार के बाद धरती पर गिरी थीं। लेकिन अब वो खुद ही धरती था।

वह अपनी जीभ को वज़न देकर मैदान में चला गया, जहाँ रेत की परतें अब गीली होने लगी थीं। पीछे से जग्गो की आवाज़ आई। "जुते हुए खेत में पानी बोओगे का?" उसने पूछा। भोलानाथ ने पलटकर देखा, जग्गो की आँखों में वही सवाल था, जो पिछले तीन सालों से था - "कब तक?"

"अब्बा!" रज्जो की आवाज़ ने दोनों को चौंका दिया। बारह साल की रज्जो, स्कूल का झोला उठाए, मिट्टी से सने पैरों के साथ लौटी थी। "मास्टर जी कह रहे थे कि आज मेघ रस बरसेगा। मगर आँख में धूल क्यूँ पड़ रही है?"

भोलानाथ ने अपनी बेटी को देखा और अपनी हथेली से आसमान की ओर इशारा किया। बारिश की बूँदें बड़ी थीं, पर अजीब तरह से भूरी। जैसे आसमान भी मिट्टी से बना हो, और अब वह पिघलकर गिर रहा हो।

"अरे, ये तो काली बूँदें हैं," रज्जो चीखी। "पानी में मिट्टी है!"

भोलानाथ की आँखें कहती थीं -

"हाँ, बेटी। इस बार पानी में मिट्टी है।"

गाँव छोटा था, पर उसकी खामोशी बड़ी। सूखे ने लोगों की जुबान सूखा दी थी। बातें कम होती थीं, शब्द अनमोल थे। उस इलाके में जहाँ भोलानाथ की बीस बीघा ज़मीन थी, वहाँ का हर बच्चा जानता था कि जब गाँव का मुखिया चौपाल पर बैठकर कहता था, "दीवार को भी कान होते हैं," तो वह दरअसल कह रहा था कि गाँव में हर बात सुनी जाती है, पर कही नहीं जाती।

भोलानाथ को ऐसी चिंता नहीं थी। बचपन में जब वह सात साल का था, तब ज़मींदार के साथ झगड़े में उसके अब्बा ने उसकी जुबान को ज़मींदार के गुर्गों से बचाने की कोशिश की थी। उन्होंने भोलानाथ को दूसरे गाँव भेज दिया था, लेकिन वह सुनकर लौट आया, जब उसके अब्बा खेत में मिले। उस दिन के बाद भोलानाथ की ज़बान से कोई आवाज़ नहीं निकली। डॉक्टर ने कहा था कि सदमे से गूँगा हो गया है।

लेकिन भोलानाथ जानता था कि यह सदमा नहीं था। उसकी ज़बान उसके अब्बा के साथ चली गई थी, उसकी मिट्टी में मिल गई थी। वही मिट्टी जिसे वह हर रात चाटता था, जिसे वह महसूस करता था, जिसकी गंध उसके पूरे वजूद में बसी थी।

उसकी मिट्टी। उसका घर। उसकी ज़िंदगी।

ऐसे दिन भी थे जब जग्गो उसे खेतों में खुदाई करते देखती थी। सूखे का दूसरा साल था, और भोलानाथ ज़मीन के अंदर गहरे खोदता जाता था। जैसे वह मिट्टी के नीचे कुछ ढूँढ रहा हो।

"क्या खोज रहे हो?" जग्गो ने एक दिन पूछा। भोलानाथ ने उसे घूरकर देखा, और फिर अपनी खुदाई में लग गया। उसकी आँखें कहती थीं - "मैं पानी खोज रहा हूँ। मैं अपनी जुबान खोज रहा हूँ।"

जग्गो ने कभी इसका जवाब नहीं दिया। उसके पास अपने पेट और रज्जो के पेट के लिए रोटी गूँथने का वक्त था। और कम से कम भोलानाथ काम कर रहा था। वह खोदता था, वह देखता था, वह बोता था। तीन साल से जो फसल नहीं उगी थी, अब शायद उग जाए।

लेकिन जग्गो जानती थी कि भोलानाथ के हाथों में अब चीज़ें उगाने की ताकत नहीं थी। उसकी उँगलियाँ अब अनाज के दानों को पकड़ने के लिए नहीं, बल्कि मिट्टी को थामने के लिए थीं।

रज्जो स्कूल से लौटकर हमेशा खेत के कोने में बैठती थी। वहाँ एक पुराना कुआँ था, लगभग सूखा हुआ, जिसमें अब सिर्फ कीचड़ और तिलचट्टे थे। उसमें मरे हुए जानवर अक्सर मिलते थे।

"अम्मा, लोग कुएँ में क्यूँ कूदते हैं?" एक दिन रज्जो ने पूछा। जग्गो ने रोटी बेलते हुए रुककर उसे देखा।

"ताकि भूख उनको ना खाए," उसने कहा और फिर लौट गई अपने काम पर। रज्जो को यह जवाब समझ नहीं आया।

रज्जो ने अपने अब्बा से पूछा, "अब्बा, क्या मैं बड़ी होकर शादी करूँगी?"

भोलानाथ ने इस सवाल पर पहली बार अपनी आँखें झुकाईं। वह अपनी मिट्टी की आँखों से बेटी को देख रहा था।

तीन साल के सूखे के बाद, अचानक आई बारिश पूरे गाँव के लिए जैसे मोहलत थी। लेकिन बारिश का पानी गाड़ मिट्टी से मिला हुआ था, जैसे आसमान भी थक गया हो। खेत मुश्किल से गीले हुए, और तीन दिन बाद फिर से सूख गए। गाँव का हर किसान फिर से अपने खेत में जाकर रोया, पर भोलानाथ नहीं। रज्जो ने देखा कि वह अब भी खेत में जाता था, लेकिन अब कुछ अलग करता था। वह अपने खेत में गड्ढे खोदता, फिर उनमें कुछ रखता, और फिर उन्हें मिट्टी से ढक देता। जैसे वह कोई बीज बो रहा हो।

"वह क्या बो रहे हैं?" रज्जो ने एक दिन अपनी माँ से पूछा।

"पता नहीं," जग्गो ने कहा। "तुम्हारे अब्बा अजीब हो गए हैं। वो रात में भी खेत में जाते हैं। कभी-कभी मैं उन्हें सुनती हूँ... जैसे वो मिट्टी से बात कर रहे हों।"

"अम्मा, क्या मिट्टी सुनती है?"

"तुम्हारे अब्बा की आवाज़ तो वही सुनती है," जग्गो ने कहा। उसकी आवाज़ में एक अजीब सी ठहराव था।

भोलानाथ की खेती अजीब होती जा रही थी। गाँव वालों ने देखा कि वह अपने खेत में ऐसी चीज़ें बोता है, जो कभी उगती नहीं - पुराने कपड़े के टुकड़े, चूड़ियाँ, यहाँ तक कि अपने बाल भी।

"पागल हो गया है बेचारा," लोग कहते। "तीन साल का सूखा, अब तो खेत भी उसके पागलपन को उगाएँगे।"

लेकिन भोलानाथ की आँखें एक अजीब चमक से भरी थीं। उसके हाथ अब भी मिट्टी में थे, उसके पैर अब भी धरती से जुड़े थे। उसका बदन अब मिट्टी की तरह होता जा रहा था - सूखा, पपड़ीदार, फिर भी जीवंत।

रात, जग्गो की नींद टूट गई। बिस्तर पर भोलानाथ नहीं था। वह खिड़की से बाहर देखी तो खेत की ओर एक छाया चलती दिखी। जग्गो उठी और खेत की ओर चल पड़ी। चाँदनी का प्रकाश धरती पर ऐसे पड़ रहा था, जैसे किसी ने आसमान से दूध उड़ेल दिया हो।

उसे भोलानाथ की छाया खेत के बीचों-बीच दिखी। वह खेत पर झुका हुआ था, जैसे धरती से कोई राज़ की बात सुन रहा हो। जग्गो ने उसे पुकारा, पर वह नहीं मुड़ा। जग्गो अब डर गई थी। वह तेज़ी से उसकी तरफ़ बढ़ी। "भोला..." वह चिल्लाई। लेकिन जैसे ही वह उसके पास पहुँची, उसके पैर कुछ मुलायम पर पड़े। जग्गो ने नीचे देखा। वह जिस मिट्टी पर खड़ी थी, वह सूखी नहीं थी। वह गीली थी, मुलायम थी...।

"क्या हुआ?" उसने पूछा, लेकिन भोलानाथ अभी भी अपने काम में लगा था।

"तुम क्या कर रहे हो?" जग्गो ने पूछा। भोलानाथ ने आँखों से इशारा किया, जैसे कह रहा हो - "देखो।"

"भोला..." उसकी आवाज़ कांप रही थी।

"ये क्या है?"

भोलानाथ की आँखें कह रही थीं - "मैंने तुम्हें बताया था, मिट्टी में माँ की गंध है।"

"पर ये तो..." जग्गो की आँखों में अब आँसू थे। "ये तो हाथ है... ये इंसान का हाथ है!"

भोलानाथ अपनी बेजुबान आँखों से बता रहा था - "हाँ, यही तो मैं बो रहा था। अब इससे नई फसल उगेगी।"

खेत अब भी वहीं था। उस पर कुछ हरियाली दिखाई दे रही थी। रज्जो खेत के किनारे खड़ी हो गई और मिट्टी को निहारने लगी। उसका मन करता था कि वह दौड़कर अपने अब्बा की मिट्टी को छू ले, महसूस करे। लेकिन वह दूर ही खड़ी रही।

खेत के बीच में, जहाँ पहले उसके अब्बा बोया करते थे, वहाँ अब कुछ पौधे उग रहे थे।

पत्ते मुलायम थे, लगभग चमड़े जैसे। और उनकी गंध... वह गंध उसे परिचित लगी, जैसे उसके अब्बा की गंध। रज्जो ने एक पत्ता तोड़ा और उसे सूँघा। फिर उसने अपने होंठों से उसे छुआ, अपनी जीभ से उसे चाटा।

पत्ते का स्वाद अजीब था - नमकीन, पर मीठा भी।

रज्जो ने पत्ते को मुँह में रख लिया और उसे चबाने लगी। जैसे-जैसे वह चबाती गई, उसे अजीब सा महसूस होने लगा। उसके अंदर एक अजीब सी गर्मी फैलने लगी, जैसे उसके अब्बा के हाथ उसकी पीठ पर हों।

"अब्बा," वह फुसफुसाई। "आप यहाँ हैं।"

वह वहीं मिट्टी पर लेट गई, और अपने हाथों से मिट्टी को अपने पूरे शरीर पर मल लिया। अब वह भी अब्बा की तरह मिट्टी के साथ एक हो रही थी।

"अम्मा, मैंने अब्बा को पा लिया," वह कह रही थी, उसके मुँह से पत्तों का रस बह रहा था। "वे यहाँ हैं, इन पौधों में।"

जग्गो घबराई।

वह रज्जो को उठाकर ले जाना चाहती थी, लेकिन रज्जो उसके हाथों से छूट गई।

"नहीं अम्मा, मुझे यहीं रहने दो," रज्जो कह रही थी। "अब्बा बुला रहे हैं, उन्हें मेरी ज़रूरत है।"

"वे पागल हो गए थे, रज्जो," जग्गो रो रही थी। "वे पागल थे!"

"मत खींचो," वह रो रही थी। "मैं मिट्टी से जुड़ गई हूँ, अम्मा।"

"अम्मा, मैं अब्बा के पास जा रही हूँ," रज्जो कह रही थी। "हम मिट्टी में रहेंगे, और फिर फसल बनकर लौटेंगे। मिट्टी को हमारी ज़रूरत है।"

"रज्जो, तू पागल हो गई है!"

"नहीं, अम्मा, मैं जिंदा हो रही हूँ," रज्जो ने कहा। उसका चेहरा अब मिट्टी में समा चुका था, सिर्फ उसकी आँखें और होंठ दिखाई दे रहे थे। "मैं और अब्बा मिलकर नई फसल उगाएँगे। हम मिट्टी को जिंदा करेंगे। और अम्मा, तुम भी हमारे साथ आओ।"

रज्जो के हाथ अब जग्गो की ओर बढ़ रहे थे, जैसे वह उसे अपने साथ खींचना चाहती हो। जग्गो पीछे हटी, लेकिन वह अपनी बेटी से नजरें नहीं हटा पा रही थी। वह देख रही थी कि रज्जो का शरीर अब पूरी तरह से मिट्टी में समा चुका था, और जहाँ वह थी, वहाँ से अब वही अजीब पौधे उग रहे थे, जिन्हें वह चबा रही थी।

18. तेज़ाब

यमुना पार का शाम का वक़्त। धुआँ उठता है गलियों से। चूल्हे बुझ गए हैं। औरतें बर्तन माँज रही हैं।

मुस्कान छत पर खड़ी है। सत्रह साल की उम्र। उसकी आँखें नीचे टिकी हैं, गली की ओर, जहाँ कुछ नहीं है सिवाय धूल और छोटे बच्चों के कदमों के निशान।

वह बाल संवारती है। दाहिने हाथ की कलाई पर नीला निशान है। तीन दिन पुराना। अभी भी दर्द करता है जब वह हाथ मोड़ती है। पिछले महीने उसके गाल पर भी ऐसा ही निशान था। उसने स्कूल में कहा था कि गिर गई थी।

झूठ।

मुस्कान की माँ रसोई में थीं। थाली में बचे पानी से बर्तन साफ़ कर रही थीं। पानी में तेल की परतें तैर रही थीं, जैसे किसी के सपने बिखरे हों।

"बेटी, नीचे आ जा। अंधेरा हो रहा है।

" माँ की आवाज़ में एक थकान थी, जो कभी नहीं जाती।

मुस्कान ने जवाब नहीं दिया। उसकी नज़र अब भी गली पर थी। फैजु का इंतज़ार।

फैजु — मोहल्ले का हीरो।

बीस साल, काला चश्मा, पुरानी ज़ैब्रा-क्रॉसिंग वाली बाइक। जिसकी आँखें हर लड़की के जिस्म को नापती हैं। जिसके मोबाइल में वो तस्वीरें हैं जो किसी को नहीं दिखानी चाहिए। जिसकी जेब में चाकू है और दिल में जहर।

नीचे से आवाज़ आई, "ओए मुस्की!"

फैज़ु था। आज अकेला नहीं था। दो और लड़के थे साथ में। एक के हाथ में प्लास्टिक की बोतल थी।

मुस्कान ने छत से झुककर देखा। मुस्कुराई। अपने नाम का हक़ अदा किया।

"नीचे आ ना!" फैज़ु ने कहा।

मुस्कान हिचकिचाई। पिछली बार जब वह नीचे गई थी, फैज़ु ने उसे गली के अंधेरे कोने में खींचा था। उसके हाथ ने मुस्कान की कमर पर एक निशान छोड़ा था जो अब भी उसके शरीर पर एक याद की तरह मौजूद था।

"नहीं आ सकती। अम्मी ने मना किया है।"

"अच्छा तो अम्मी की बात मानती है? मेरी नहीं?" फैज़ु ने हँसते हुए कहा। उसके साथी भी हँसे।

प्लास्टिक की बोतल वाले लड़के ने फैज़ु के कान में कुछ कहा। फैज़ु ने उसे धक्का दिया और फिर खुद ही हँस दिया।

"अच्छा सुन, कल स्कूल के बाद मिलना है।

याद रखना।" फैज़ु ने कहा।

सीढ़ियों की आवाज़। माँ ऊपर आ रही थीं। मुस्कान ने जल्दी से इशारा किया कि वह जाए। फैज़ु ने हाथ हिलाया और अपने दोस्तों के साथ चला गया।

माँ ने छत पर कदम रखा। उनकी आँखें मुस्कान के चेहरे को पढ़ने की कोशिश कर रही थीं।

"किससे बात कर रही थी?"

"किसी से नहीं, अम्मी।"

झूठ। फ़िर से झूठ।

माँ ने कुछ नहीं कहा। बस मुस्कान का हाथ पकड़ा और नीचे ले गईं। रसोई में। जहाँ आटा गूँथा जा रहा था।

"आज तू रोटियाँ बनाएगी।" माँ ने कहा।

मुस्कान ने आटे का गोला उठाया। बेलन से उसे बेला।

माँ एक पुरानी डिब्बी से हल्दी निकालीं। थोड़ी सी आटे में मिलाई।

"हाथ दिखा।" माँ ने कहा।

मुस्कान ने अपना दाहिना हाथ दिखाया। नीला निशान अब भी वहाँ था।

माँ ने हल्दी मिले आटे से उस निशान को ढक दिया। "अब्बू को दिखेगा नहीं।" माँ ने कहा।

और कुछ नहीं। बस इतना।

 यही रिवाज था - निशानों को छुपाना, चेहरों पर मुस्कान सजाना, और दिल में दर्द दबाना।

स्कूल की घंटी बजी। मुस्कान ने अपनी कॉपी बंद की। उसमें अधूरा वाक्य लिखा था: "जिस्म से नहीं, रूह से जलाया गया था..."

यह उनकी हिंदी की कक्षा का आखिरी वाक्य था। प्रेमचंद की कहानी से। मास्टरनी ने कहा था कि अगली कक्षा में पूरा करेंगे।

मुस्कान ने अपना बस्ता उठाया और कक्षा से बाहर निकली। गलियारे में उसकी सहेली फरहीन मिली।

"आज तो जल्दी निकल रही है?" फरहान ने पूछा।

"हाँ, अब्बू ने कहा है जल्दी घर आऊँ।"

"अच्छा, चल फिर कल मिलते हैं।"

मुस्कान स्कूल गेट की ओर बढ़ी। उसका दिल तेज़ धड़क रहा था। स्कूल के बाहर फैज़ु होगा। उसने कहा था कि आएगा।

गेट पर पहुँची तो देखा - फैज़ु वहाँ नहीं था। उसकी जगह सिर्फ़ धूल और शोर।

मुस्कान को थोड़ी राहत मिली। थोड़ी निराशा भी। वह घर की ओर चल पड़ी।

तभी एक मोटरसाइकिल उसके बगल में रुकी। फैज़ु था।

"चल, बैठ।" उसने कहा।

"नहीं, मैं चली जाऊँगी।"

"मैंने कहा चल, बैठ।" इस बार आवाज़ में धार थी।

मुस्कान ने चारों ओर देखा। कोई नहीं देख रहा था। या शायद सब देख रहे थे, लेकिन किसी ने कुछ कहा नहीं।

वह बैठ गई।

मोटरसाइकिल शहर के बाहरी इलाक़े की तरफ़ मुड़ी। यहाँ कम बस्ती थी। ज्यादा खंडहर और खाली प्लॉट्स।

"कहाँ जा रहे हैं?" मुस्कान ने पूछा।

"बस पास ही। एक जगह दिखानी है।"

फैजु ने मोटरसाइकिल एक पुराने मकान के पास रोकी। ईंटें उखड़ी हुई थीं। दरवाज़े टूटे हुए थे। यहाँ कोई नहीं रहता था।

"चल अंदर।" फैजु ने कहा।

"मुझे डर लग रहा है।"

"डर? मुझसे?" फैजु ने उसका हाथ पकड़ लिया। "तू जानती है मैं तुझसे कितना प्यार करता हूँ?"

प्यार? मुस्कान ने सोचा। कलाई पर अब भी निशान था। हल्दी का लेप सूख गया था और चटक रहा था। वे अंदर गए। कोने में एक टूटी हुई कुर्सी पर एक लड़का बैठा था।

वही लड़का जिसके हाथ में कल प्लास्टिक की बोतल थी। आज भी वह बोतल उसके पास थी।

"यह राकेश है। मेरा दोस्त।" फैज़ु ने कहा।

राकेश ने सिर हिलाया। उसकी आँखों में कुछ अजीब सा था। कुछ ऐसा जैसे वह कुछ जानता हो जो मुस्कान नहीं जानती।

"मैं घर जाना चाहती हूँ।" मुस्कान ने कहा।

"अभी नहीं। थोड़ी देर बैठ।" फैज़ु ने उसे गद्दे पर बैठने का इशारा किया।

मुस्कान बैठ गई। उसके हाथ काँप रहे थे। फैज़ु ने जेब से एक तस्वीर निकाली। मुस्कान को दिखाई।

तस्वीर में मुस्कान थी। स्कूल यूनिफ़ॉर्म में। लेकिन कुछ अजीब था उसमें। यह तस्वीर मुस्कान की नहीं थी। किसी और की थी, जिस पर मुस्कान का चेहरा चिपकाया गया था।

"यह क्या है?" मुस्कान हकला गई।

"मेरा कमाल। अच्छा बना है ना?" फैज़ु ने हँसते हुए कहा। "तेरे बाप को भेजूँगा अगर तू मेरी बात नहीं मानेगी तो।" मुस्कान का चेहरा सफ़ेद पड़ गया। अब्बू की बात याद आई - "बेटियाँ जल्दी बड़ी हो जाएँ, अच्छा है।" अगर अब्बू ने यह तस्वीर देखी तो क्या करेंगे? क्या वे उसकी बात सुनेंगे? या बस उसके मुँह पर एक थप्पड़ मार कर उसे घर से निकाल देंगे?

"क्या चाहते हो?" मुस्कान की आवाज़ में एक नई कठोरता थी।

फैज़ु ने राकेश की ओर इशारा किया। राकेश उठा और मुस्कान के पास आ गया। उसके हाथ में वह प्लास्टिक की बोतल थी।

"जानती हो इसमें क्या है?" राकेश ने पूछा।

मुस्कान ने सिर हिलाया।

"तेज़ाब।" राकेश ने कहा। "जिससे लोहा भी पिघल जाता है।"

"और पता है इससे क्या होता है?" राकेश ने बोतल को हिलाया। "चेहरा कभी वापस नहीं आता। जैसे कभी था ही नहीं।"

फैज़ु हँस रहा था। "अब समझी? या और समझाऊँ?"

मुस्कान खड़ी हो गई। "मैं जा रही हूँ।"

फैज़ु ने उसका हाथ पकड़ लिया। "अभी नहीं। पहले हमारी बात मान।"

"क्या चाहते हो?"

"वही जो हर लड़का चाहता है।" फैज़ु ने अपना हाथ मुस्कान की कमर पर रखा। मुस्कान ने झटके से हाथ छुड़ाया और दरवाज़े की ओर भागी। लेकिन राकेश रास्ते में खड़ा था।

"जाने दो," मुस्कान ने कहा।

राकेश ने बोतल उसके सामने लहराई। "पहले यह तो देख।"

उसने बोतल का ढक्कन खोला और थोड़ा सा तेज़ाब फर्श पर गिराया। एक तेज़ गंध उठी और सीमेंट जैसे पिघलने लगा।

मुस्कान की आँखों में आँसू आ गए। "प्लीज़ मुझे जाने दो।"

तभी दरवाज़े से आवाज़ आई। "कौन है अंदर?"

फैज़ु और राकेश दोनों चौंके।

एक आदमी दरवाज़े पर खड़ा था। उसके हाथ में लाठी थी।

"यह मेरी ज़मीन है। निकलो यहाँ से!" आदमी चिल्लाया।

फैज़ु ने राकेश को इशारा किया। दोनों भागे। मुस्कान वहीं खड़ी रह गई, काँपती हुई।

आदमी ने उसे देखा। "तू भी जा। और यहाँ वापस मत आना।"

मुस्कान ने उस आदमी को धन्यवाद कहा और बाहर निकल गई। उसने पीछे मुड़कर देखा। फैज़ु और राकेश गए थे। लेकिन वह बोतल वहीं पड़ी थी, फर्श पर। जहाँ सीमेंट अब भी धुआँ छोड़ रहा था।

घर पहुँची तो शाम हो गई थी। अब्बू दरवाज़े पर खड़े थे।

"कहाँ थी?"

उन्होंने कड़कते हुए पूछा।

"स्कूल में... वो... एक्स्ट्रा क्लास थी।" मुस्कान ने कहा।

अब्बू ने उसे एक पल देखा, फिर अंदर जाने का इशारा किया। मुस्कान ने राहत की साँस ली।

रात का खाना चुपचाप गुज़रा। अब्बू, अम्मी, मुस्कान और उसका छोटा भाई। किसी ने ज़्यादा बात नहीं की।

उसने कॉपी बंद की और आईने के सामने खड़ी हो गई। आईना अख़बार से ढका हुआ था। अम्मी ने कहा था कि नज़र लग जाती है।

मुस्कान ने अख़बार हटाया और अपने चेहरे को देखा। वही चेहरा जो फ़ैजु ने उस गंदी तस्वीर में चिपकाया था।

दोपहर में, स्कूल के बाद, मुस्कान गेट पर आई।

फ़ैजु वहाँ खड़ा था।

"तू क्या कर रही है?" फ़ैजु ने गुस्से से पूछा। "यह क्या हाल बना रखा है?"

फ़ैजु ने तस्वीर अब्बू को भेज दी थी। व्हाट्सऐप पर।

अब्बू घर आए। उनका चेहरा लाल था। उन्होंने मुस्कान को बुलाया।

"यह क्या है?" उन्होंने मोबाइल पर तस्वीर दिखाते हुए पूछा।

मुस्कान ने आराम से कहा, "यह फ़र्ज़ी है, अब्बू। मेरे स्कूल का एक लड़का है फ़ैजु। उसने मेरा चेहरा किसी और के जिस्म पर चिपकाया है।"

अब्बू हक्के-बक्के रह गए।

उन्होंने उम्मीद की थी कि मुस्कान डर जाएगी, रोएगी, माफ़ी माँगेगी।

"तू... तू जानती है यह कौन है?"

अब्बू ने पूछा।

"हाँ। और मैं यह भी जानती हूँ कि उसके पास तेज़ाब है। वह मुझे धमकाता है कि अगर मैं उसके साथ नहीं गई तो वह मेरे चेहरे पर तेज़ाब फेंक देगा।"

अब्बू की आँखें बड़ी हो गईं। "क्या?"

अब्बू कुछ देर चुप रहे। फिर उन्होंने मुस्कान को गले से लगा लिया। पहली बार।

तेज़ाब का डर खत्म हो गया था। और डर के खत्म होते ही, तेज़ाब की ताकत भी खत्म हो गई।

19. चूहों की मस्जिद

मेरी नज़र में वो स्टेशन एक मुर्दें जैसा था। देश के बंटवारे के बाद, 1948 में भी, वहां कुछ नहीं बचा था - सिवाय उस मस्जिद के, जिसकी दीवारों में इतने छेद थे कि उसे चाहकर भी मस्जिद नहीं कहा जा सकता था।

पहली बार जब मैं वहां पहुंचा, तो पटरियों पर सन्नाटा था। कुछ दिन पहले किसी ने बताया था कि उस पुरानी स्टेशन की मस्जिद में अब लोग इबादत नहीं करते... वहां अब सिर्फ चूहों की हुकूमत है।

"बकवास!" मैंने कहा था।

"देख ही लीजिए, बाबू," उस रिक्शेवाले ने कहा, "फिर बताइएगा।"

और अब मैं देख रहा था।

मस्जिद के दरवाज़े पर एक बूढ़ा था। कपड़े फटे हुए, दाढ़ी सफेद, आंखें लाल। हाथ में झाड़ू थी, लेकिन झाड़ने को कुछ था नहीं। फिर भी वो झाड़ रहा था।

"कौन हो तुम?" मैंने पूछा।

"बशीर," उसने अपनी झाड़ू रोके बिना कहा, "इमाम बशीर... या फिर सिर्फ बशीर। जो आपको ठीक लगे।"

"तुम इमाम हो?"

"था," उसने हल्की सी हंसी के साथ कहा, "अब सिर्फ सफाईवाला हूं।"

"और नमाज़?"

"नमाज़?" उसने अपनी झाड़ू से एक चूहे को भगाते हुए कहा, "यहां नमाज़ कौन पढ़ेगा, बाबू? यहां तो इन्हें निजात मिली है।"

"इन्हें?"

"चूहों को," उसने अंदर की ओर इशारा किया, "आइए, देखिए।"

अंदर का मंज़र अजीब था। मस्जिद के मेहराब के नीचे जहां इमाम खड़ा होता है, वहां चावल के दाने बिखरे थे। दीवारों के छेदों से चूहे आ रहे थे और चावल खा रहे थे।

"ये क्या है?" मैंने पूछा।

"इबादत," बशीर ने कहा, "लोग अपनी मन्नतें लेकर आते हैं। चूहों को चावल खिलाते हैं। कोई औलाद मांगता है, कोई पैसा, कोई शिफा... जो भी दिल में हो।"

"और चूहे?"

"चूहे खा लेते हैं," वो हंसा, "और लोग समझते हैं कि उनकी दुआ कबूल हो गई।"

मैंने देखा, एक चूहा मेरी तरफ देख रहा था। काले बालों वाला, गोल आंखों वाला चूहा। उसकी नज़र में कुछ था जो मुझे अच्छा नहीं लगा।

"ये कब से हो रहा है?"

"बंटवारे के बाद से," बशीर ने छत की तरफ देखते हुए कहा, "जब से यहां कोई नहीं आया..."

"कोई नहीं आया?"

"कोई मुसलमान," उसने साफ़ किया, "सब चले गए। कुछ इधर, कुछ उधर। यहां कोई नहीं बचा।"

"और तुम?"

"मैं?" वो फिर हंसा, "मुझे कहां जाना था? मेरा तो यहीं सब कुछ है... था।"

उस दिन मैं वापस आ गया। लेकिन अगले दिन फिर गया। इस बार मैंने एक औरत को देखा। छोटे कद की, चालीस के पार। सिर पर घूंघट, एक थाली में दीया और चावल। वो अंदर गई, दीया जलाया, चावल रखा और फिर हाथ जोड़कर खड़ी हो गई।

"कौन है वो?" मैंने बशीर से पूछा।

"छोटी बी," उसने कहा, "हर दिन आती है... पिछले छः महीने से।"

"क्यों?"

"उसका बेटा...

गुम हो गया था। कहती है, यहां के चूहे उसे वापस ला सकते हैं।"

मैंने छोटी बी को देखा। वो चूहे से बात कर रही थी। धीरे से, कानों में... जैसे वो उसका अपना हो।

"बेटा... बेटा..." उसकी आवाज़ दूर से आ रही थी, "अब आ जा... देख तेरी अम्मी कितनी थक गई है..."

तीसरे दिन मैंने एक लड़के को देखा। करीब दस-बारह साल का होगा। स्कूल की वर्दी में था, लेकिन बस्ता नहीं था। वो मस्जिद के बाहर खड़ा था, देख रहा था।

"तुम्हारा नाम क्या है?" मैंने पूछा।

"साकिब," वो बोला, "आप यहां क्या कर रहे हैं?"

"तुम्हारी तरह," मैंने कहा, "देख रहा हूं।"

"क्या है ये सब?" उसने पूछा, "ये तो मस्जिद है... ये लोग चूहों के सामने क्यों झुकते हैं?"

"तुम्हें क्या लगता है?"

"मुझे लगता है," उसने कहा, "ये लोग पागल हैं।"

"क्यों?"

"क्योंकि..." उसने रुककर कहा, "चूहे तो सिर्फ चूहे हैं। वो खुदा नहीं हैं।

खुदा तो... खुदा तो... पता नहीं कहां हैं।"

उस शाम छोटी बी फिर आई। इस बार उसके साथ और औरतें थीं। सभी ने थालियों में चावल लाया था। सभी ने दीये जलाए। और फिर वे चूहों के सामने झुक गईं, जैसे कोई पीर की दरगाह हो।

मैं अंदर गया और बशीर को देखा। वो एक कोने में बैठा था, अपनी झाड़ू को देख रहा था।

"क्या हुआ?" मैंने पूछा।

"कुछ नहीं," उसने कहा, "बस सोच रहा था…"

"क्या?"

"कि जब मैं इमाम था, तब कोई नहीं आता था। और अब, जब मैं सिर्फ सफाईवाला हूं… तो लोग आ रहे हैं। अजीब बात है, है ना?"

मैंने देखा, काला चूहा मेरी तरफ देख रहा था। फिर उसने अपनी पीठ मेरी तरफ कर ली।

अगले दिन सुबह मैं जल्दी पहुंचा। मस्जिद के अंदर से आवाज़ें आ रही थीं। मैंने दरवाज़े से झांका।

साकिब वहां था। वो दीवार के पास बैठा था और छेदों में झांक रहा था। मुझे देखकर वो चौंका नहीं।

"क्या देख रहे हो?" मैंने पूछा।

"अंदर," उसने कहा।

मैं उसके पास गया। उसने मुझे एक छेद दिखाया। मैंने आंख लगाई।

अंदर अंधेरा था, लेकिन फिर भी दिखाई दे रहा था। वहां इंसान थे… या कम से कम, इंसानों की आकृतियां थीं। वे कहीं बैठे थे, कहीं खड़े थे, कहीं चल रहे थे… लेकिन कोई आवाज़ नहीं थी।

"ये क्या है?" मैं हैरान था।

"चला गया," उसने कहा, "सुबह... अपने गांव वापस... अपनी मां के पास..."

"क्यों?"

"उसने कुछ देखा था," बशीर ने अपनी आंखें मलते हुए कहा, "वो कह रहा था... कि दीवारों के अंदर... वहां... उसकी मां है..."

"क्या?"

"हां," बशीर की आवाज़ कांप रही थी, "उसने कहा... उसकी मां... और बाकी औरतें.... वे सब वहां हैं... दीवारों के अंदर..."

मैंने उस छेद की तरफ देखा। अब वहां कोई चूहा नहीं था।

हफ्ते बाद, मैं वापस गया। मस्जिद अब ज्यादा खाली थी। चूहे गायब थे। बशीर भी नहीं था।

लेकिन छोटी बी वहां थी। और उसके साथ और भी औरतें थीं। वे सब दीवार से कान लगाए हुए थीं, कुछ सुन रही थीं। और मुस्कुरा रही थीं।

मैंने भी अपना कान लगाया।

अंदर से आवाज़ आ रही थी... जैसे कोई लोरी गा रहा हो...

"सो जा मेरे लाल...
सो जा मेरे प्यारे...
तेरी अम्मी आ गई है...
तुझे अब डर कैसा..."

मैंने छोटी बी की तरफ देखा। उसकी आंखों से आंसू बह रहे थे। लेकिन वो हंस रही थी।

"मेरा बेटा मिल गया," उसने मुझसे कहा, "मेरा बेटा वापस आ गया है..."

जब मैं वापस जा रहा था, तो रास्ते में बस्ते के साथ एक लड़का मिला। उसके हाथ में एक चिट्ठी थी।

"तुम कौन हो?" मैंने पूछा।

"साकिब," उसने कहा।

मेरा दिल धड़क गया।

"तुम वहां क्यों जा रहे हो?" मैंने पूछा, "तुम तो अपने गांव गए थे..."

"मैं?" वो हैरान था, "मैं तो कहीं नहीं गया... मैं तो अपनी अम्मी को चिट्ठी देने जा रहा हूं... वो मस्जिद में रहती हैं..."

"तुम्हारी अम्मी...?"

"हां," उसने मुस्कुराते हुए कहा, "छोटी बी... मेरी अम्मी हैं..."

मुझे अपने पैरों के नीचे से ज़मीन खिसकती महसूस हुई। मैंने फिर पूछा, "तुम्हारी अम्मी... और तुम्हारा घर कहां है?"

"घर?" वो कुछ देर सोचा, "अब तो मस्जिद ही घर है... पिछले साल से..."

और तुम... तुम कहां रहते हो?

"वहीं," उसने आसानी से कहा, "दीवार के अंदर... जहां बाकी सब रहते हैं... बस अम्मी बाहर रहती हैं... उन्हें मेरी चिन्ता रहती है... इसलिए..."

मैंने अब अपने चारों तरफ देखा। स्टेशन खाली था। पटरियां सूनी थीं। और दूर... मस्जिद से... चूहों की आवाज़ आ रही थी।

जब मैं शहर पहुंचा और किसी को ये कहानी सुनाई, तो किसी ने यकीन नहीं किया।

"पागल हो गए हो?" वे हंसे, "चूहों की मस्जिद? दीवारों के अंदर लोग? क्या बकवास है!"

मैंने फिर कभी उस स्टेशन का नाम नहीं लिया। लेकिन कभी-कभी, मैं सोचता हूं... उस स्टेशन पर, उस मस्जिद में, वो चूहे...

क्या वे वाकई चूहे थे?

20. माँ की खामोशी

गाँव के लोग कहते थे कि सूरज के बाद कुछ भी नहीं बचता। पर उनके घर में रात हमेशा थी।

रामू ने अपनी माँ को कभी बोलते नहीं सुना था। जब वह छोटा था, तो उसने सोचा था कि शायद सभी माँएँ ऐसी ही होती हैं - खामोश, आँखों से ही बात करने वाली। फिर उसने दूसरे बच्चों की माँओं को देखा, जो हँसती थीं, गाती थीं, कभी-कभी चिल्लाती भी थीं। उसकी माँ सिर्फ़ देखती थीं।

"वो गूंगी है," गाँव के लड़कों ने उसे बताया था। "और बहरी भी।"

रामू तब बारह साल का था। उसने घर आकर अपनी माँ को देखा था। वो चावल बिन रही थीं, उनकी उँगलियाँ पतली और लंबी थीं, शाम की धूप में पारदर्शी लग रही थीं। रामू ने सोचा था कि उनकी उँगलियाँ कितनी कमज़ोर हैं, जैसे सूखी टहनियाँ। फिर भी, वो दिनभर काम करती थीं - सुबह से शाम तक, बिना आवाज़ के।

इतने सालों में, रामू ने कभी उन्हें थके हुए नहीं देखा। वो अपने काम करती रहती थीं, जैसे किसी अदृश्य ताल पर नाच रही हों।

गाँव वाले कहते थे कि जिस रात उसके पिता गायब हुए थे, उसी रात से उसकी माँ की आवाज़ भी गायब हो गई थी। कोई कहता था कि उसके पिता ने उसे इतना मारा था कि उसकी आवाज़ टूट गई थी।

रामू को कभी सच पता नहीं चला। उसे सिर्फ़ इतना याद था कि एक दिन उसके पिता थे, और अगले दिन नहीं थे। जैसे हवा में घुल गए हों।

और उसकी माँ एक कोने में देखती रह गई थीं, जहाँ कुछ भी नहीं था - सिर्फ़ एक खाली दीवार। वो आज भी वहीं देखती थीं। उसकी माँ तीस साल से उस खाली दीवार को देख रही थीं।

डाकघर में काम करते हुए रामू को तीन साल हो गए थे। छोटा सा डाकघर था, जहाँ हर दिन कुछ ही चिट्ठियाँ आती थीं। ज्यादातर गाँव वाले निरक्षर थे। जो पढ़े-लिखे थे, वो शहर चले गए थे। बस कभी-कभी कोई चिट्ठी आती थी, जो किसी के बेटे या पति ने शहर से भेजी होती थी।

रामू उन्हें पढ़कर सुनाता था। और लोग उसे दो पैसे देते थे।

हर शाम, रामू एक चिट्ठी घर लाता था। वो जानता था कि उसकी माँ उसे सुन नहीं सकतीं। फिर भी, वो हर दिन एक अनजान आदमी की चिट्ठी पढ़ता था। वो उन चिट्ठियों को चुनता था जिन्हें कोई वापस नहीं लेने आता था, जिन्हें सालों से डाकघर के एक कोने में रखा गया था।

"आपको पता है माँ," वो कहता, "आज एक अजीब चिट्ठी आई। कोई पिताजी को लिख रहा है।"

उसकी माँ कभी जवाब नहीं देती थीं। वो बस अपना काम करती रहती थीं - चावल बिनना, कपड़े धोना, रोटी बनाना। रामू को कभी-कभी लगता था कि उसकी माँ की हरकतें किसी पुरानी घड़ी की तरह थीं, जो बिना रुके चलती रहती है, भले ही उसे देखने वाला कोई न हो।

एक दिन, डाकघर के माध्यम से एक अजीब सी चिट्ठी आई। कोई पता नहीं था, कोई नाम नहीं था। सिर्फ़ एक खाली लिफाफा था। रामू ने उसे खोला, अंदर कुछ भी नहीं था।

वो उस दिन खाली लिफाफा घर ले आया।

"देखो माँ," उसने कहा, "आज एक खाली चिट्ठी आई है। जैसे कोई कुछ कहना चाहता था, पर फिर भूल गया।"

उसकी माँ ने पहली बार अपना सिर उठाया और रामू की ओर देखा। उनकी आँखों में कुछ था - एक चमक, जो रामू ने कभी नहीं देखी थी। वो लगभग... जागी हुई लग रही थीं।

रामू ने लिफाफा उनकी ओर बढ़ाया। उन्होंने अपनी पतली उँगलियों से उसे पकड़ा, और उसे अपने सीने से लगा लिया। फिर उन्होंने कुछ ऐसा किया जो रामू ने कभी नहीं देखा था - वो रोने लगीं। बिना आवाज़ के आँसू, जो उनके गालों पर बहने लगे।

उस रात के बाद से, हर दिन डाकघर में एक खाली लिफाफा आता। कोई पता नहीं, कोई नाम नहीं। सिर्फ़ एक खाली लिफाफा। और हर दिन, रामू उसे घर लाता।

उसकी माँ उस लिफाफे को अपने सीने से लगाती, और फिर उसे अपने बिस्तर के नीचे रख देती। रामू ने कभी नहीं पूछा कि वो क्या करती थीं।

उसके घर में एक समस्या और थी, रेडियो की! रेडियो की समस्या तब शुरू हुई जब रामू के घर में बिजली आई। गाँव में पहली बार बिजली आई थी, और रामू ने अपनी पहली तनख्वाह से एक पुराना रेडियो खरीदा था। उसने उसे मेज़ पर रखा था, जहाँ उसकी माँ रोज़ दिया जलाती थीं। पहले दिन, जब उसने रेडियो चालू किया, तो उसमें से सिर्फ़ खरखराहट आई थी। रामू ने सोचा था कि शायद रेडियो ख़राब है। वो अगले दिन उसे वापस करने वाला था।

लेकिन उस रात, जब वो सो रहा था, उसे रेडियो से आवाज़ें आती सुनाई दीं। वो अजीब सी धुन थी, जैसे कोई बहुत दूर से गा रहा हो। रामू ने अपनी आँखें खोलीं और देखा कि उसकी माँ उस रेडियो के सामने बैठी थीं, उनकी आँखें बंद थीं, और उनके होंठ हिल रहे थे, जैसे वो गाने के बोल दोहरा रही हों।

लेकिन जैसे ही रामू उठा, रेडियो बंद हो गया। उसकी माँ ने अपनी आँखें खोलीं और उसे देखा, जैसे वो कहना चाह रही हों - "तुमने मुझे क्यों जगाया?"

अगले दिन, रामू ने फिर से रेडियो चालू करने की कोशिश की। लेकिन उसमें से सिर्फ़ खरखराहट आई। वो नाराज़ होकर काम पर चला गया।

जब वो शाम को लौटा, तो उसने देखा कि उसकी माँ रेडियो के पास बैठी थीं, और रेडियो से वही अजीब सी धुन आ रही थी। लेकिन जैसे ही रामू ने कमरे में क़दम रखा, रेडियो बंद हो गया।

यह सिलसिला हर दिन दोहराया जाता। रेडियो सिर्फ़ तब बजता जब कमरे में कोई नहीं होता था, या फिर सिर्फ़ उसकी माँ होती थीं।

रामू ने डाकघर के मालिक से इस बारे में पूछा।

मालिक ने हँसकर कहा, "रेडियो भूत थोड़े ही होते हैं। ज़रूर तार ढीला होगा।"

लेकिन रामू को पता था कि ऐसा नहीं था। उसने कई बार रेडियो चेक किया था। सब कुछ ठीक था।

एक दिन, रामू ने अपनी माँ से पूछा, "माँ, रेडियो क्या बजाता है?"

उन्होंने अपना हाथ उठाया और अपने कान पर रखा, जैसे वो कह रही हों - "मैं तो सुन नहीं सकती।"

उस रात, रामू ने एक चाल चली। वो सोने का नाटक करने लगा, और जब रेडियो बजना शुरू हुआ, तो वो धीरे से उठा और दरवाज़े के पीछे छिप गया।

वो धुन वही थी - दूर की, अजीब सी। लेकिन इस बार, उसने अपनी माँ को देखा। वो रेडियो के सामने बैठी थीं, उनके होंठ हिल रहे थे, और उनकी आँखों से आँसू बह रहे थे।

और फिर, रामू ने सुना - एक आवाज़, जो रेडियो से नहीं आ रही थी। वो उसकी माँ की आवाज़ थी। एक धीमी, टूटी हुई आवाज़, जो गा रही थी:

"सोजा राजा बेटा सोजा, सोजा महाराजा..."

उसने अपने कदम आगे बढ़ाए, लेकिन जैसे ही वो कमरे में आया, रेडियो बंद हो गया। उसकी माँ ने अपने आँसू पोंछे और फिर से चुप हो गईं।

खाली लिफाफे अब हर दिन आने लगे थे। रामू ने डाकघर के मालिक से पूछा, लेकिन उन्होंने कहा कि उन्हें नहीं पता कि वो कहाँ से आते हैं। वो बस सुबह डाक के साथ होते थे।

"शायद कोई मज़ाक कर रहा है," मालिक ने कहा। "या फिर कोई पागल है।"

लेकिन रामू को लगता था कि वो लिफाफे किसी खास के लिए थे - उसकी माँ के लिए।

जब वो घर लौटा, तो उसने देखा कि उसकी माँ दीवार के उस कोने को देख रही थीं, जिसे वो हमेशा देखती थीं। लेकिन इस बार, उनकी आँखों में कुछ अलग था - एक उम्मीद, एक इंतज़ार।

रामू ने धीरे से पूछा, "माँ, आप किसका इंतज़ार कर रही हैं?"

उसकी माँ ने उसे देखा, उनकी आँखों में आँसू थे। वो अपने होंठ हिलाने लगीं, जैसे कुछ कहना चाह रही हों, लेकिन कोई आवाज़ नहीं निकली।

रामू जाग गया। उसने देखा कि उसकी माँ अपने बिस्तर पर बैठी थीं, और उनके हाथ में एक पुराना लिफाफा था। वो उसे अपने सीने से लगाए हुए थीं, और उनके होंठ हिल रहे थे, जैसे वो किसी से बात कर रही हों।

रामू ने पहली बार उस कोने को ध्यान से देखा। वहाँ कुछ नहीं था - सिर्फ़ एक खाली दीवार।

उसकी माँ ने दीवार के कोने की ओर इशारा किया, जहाँ वो हमेशा देखती थीं।

रामू ने दीवार को देखा। वहाँ कुछ भी नहीं था।

उसकी माँ ने कहा, "मैंने उन्हें वहीं दफनाया था। उस रात के बाद, जब उन्होंने..."

उनकी आवाज़ फिर से खो गई।

उन्होंने अपना सिर झुका लिया।

उस रात के बाद, रामू ने अपनी माँ को फिर कभी बोलते नहीं सुना। वो फिर से वैसी ही हो गईं जैसी पहले थीं - चुप, खामोश, सिर्फ़ अपना काम करती हुईं।

लेकिन रेडियो अब भी बजता था, जब कमरे में कोई नहीं होता था। और रामू अब जानता था कि वो आवाज़ कहाँ से आती थी।

रामू अब भी हर दिन डाकघर जाता था, हर दिन लोगों की चिट्ठियाँ पढ़ता था, हर दिन उन्हें दो पैसे लेता था। उसकी ज़िंदगी वैसी ही थी जैसी पहले थी।

एक दिन, जब वो डाकघर से लौटा, तो उसने देखा कि उसकी माँ अपनी कुर्सी पर बैठी थीं, उनकी आँखें खुली थीं, लेकिन वो हिल नहीं रही थीं। वो मर चुकी थीं।

रामू ने उन्हें देखा, उनकी खुली आँखों को, जो अब भी उस दीवार के कोने को देख रही थीं।

फिर वो चला गया, डाकघर की ओर, उस लिफाफे को पोस्ट करने के लिए। उसने लिफाफे पर एक पता लिखा - "स्वर्ग, या नरक, जहाँ भी आप हों।"

जब वो लौटा, तो रेडियो बंद था। उसने उसे चालू करने की कोशिश की, लेकिन उसमें से कोई आवाज़ नहीं आई - न खरखराहट, न वो अजीब सी धुन, कुछ भी नहीं।

रेडियो मर चुका था, ठीक वैसे ही जैसे उसकी माँ।

रामू अब भी उस घर में रहता है, अब भी हर दिन डाकघर जाता है, अब भी लोगों की चिट्ठियाँ पढ़ता है।

और अगर आप कभी रामू के घर के पास से गुज़रें, तो शायद आप रेडियो की आवाज़ सुन सकते हैं - एक अजीब सी धुन, जैसे कोई बहुत दूर से गा रहा हो। लेकिन जब आप अंदर जाएँगे, तो रेडियो बंद हो जाएगा।

21. मुँहजली

चौधरी की हवेली से कुछ ही कदम दूर मिट्टी की वह छोटी सी चौकोर कोठरी थी, जिसमें सुभद्रा अक्सर अपनी साँसें गिनती रहती। कोठरी के छोटे से दरवाज़े से झाँकने पर पूरी सुभद्रा नहीं, बस उसकी पीठ दिखाई देती। पीठ जिस पर सालों का बोझ था। मगर वह पीठ कभी झुकी नहीं थी। झुकना तो शरीफों का काम है, सुभद्रा शरीफ नहीं थी। वह मुँहजली थी।

साल १९४० का अवध। बारिश के मौसम की आख़िरी बूँदें अब कम होने लगी थीं। धनीराम ठाकुर अपनी बैठक में बैठे हुक्का गुड़गुड़ा रहे थे। हुक्के की गुड़गुड़ाहट के बीच एक खाँसी की आवाज़ सुनाई दी। धनीराम ने आँखें उठाईं। सामने खड़ी थी सुभद्रा, उनकी सबसे छोटी बेटी, जिसके चेहरे पर बचपन में आग का निशान पड़ गया था। निशान जो उसके साथ ही पैदा हुआ था, या शायद...

"का करत है बेटा इत्ती रात गए?" धनीराम ने पूछा, चेहरे पर ज़रा भी हलचल के बिना।

बाबूजी, आपके पान के पत्ते और नए तम्बाकू के लिए आई थी।

सुभद्रा की आवाज़ में ठहराव था, वह ठहराव जो पानी के नीचे दबे पत्थर में होता है।

"रख दे वहीं टेबल पर और सो जा। कल बहू आ रही है, बड़ा काम है।"

सुभद्रा ने तश्तरी रख दी और जब मुड़ी तो बाबूजी की आवाज़ फिर आई, "अपना घूँघट ठीक से रखियो कल। नई बहू है, डर न जाए।"

सुभद्रा चुपचाप बाहर निकल गई। उसकी छाया दीवार पर इतनी लम्बी थी कि लगता था जैसे वह किसी और ज़माने तक फैली हो।

गाँव के चौपाल में लोग एकत्र हुए थे। धनीराम के बेटे रघुवीर की बारात निकलने वाली थी। रघुवीर खिड़की से बाहर झाँक रहा था। उसे एक डर सता रहा था कि कहीं बारात निकलते वक़्त उसकी छोटी बहन, सुभद्रा दिखाई न दे जाए। लोग क्या कहेंगे? पहले ही उसकी बहन को लेकर गाँव में बातें होती थीं—कोढ़ की बेटी, मुँहजली, नहूसन...

मगर रघुवीर की चिंता बेकार थी। सुभद्रा जानती थी कि उसे कहाँ और कब दिखना चाहिए और कब नहीं। वह अपनी कोठरी के अंधेरे में इस तरह छुप गई थी, जैसे वह हमेशा से वहीं थी।

दूसरी तरफ, गौहर को बड़ी हवेली से ससुराल ले जाया जा रहा था। गौहर, शहर की सुंदर, पढ़ी-लिखी लड़की थी, जिसके बाबूजी शहर के बड़े व्यापारी थे। उसकी आँखें विशाल थीं, और उनमें असंख्य सपने पलते थे। शादी की पालकी में बैठी, वह अपने भविष्य के सपने बुन रही थी। ऐसी बड़ी हवेली, ससुर पटवारी, पति स्कूल में पढ़ा हुआ... क्या कमी थी उसके किस्मत में?

मगर तकदीर की किताब तो कोई पढ़ नहीं पाता।

पहली रात, गौहर को अपने कमरे में ले जाया गया। कमरा फूलों से सजा था। रघुवीर उसके सामने बैठा, शरमाया हुआ। बाहर औरतें गीत गा रही थीं, वैसे ही जैसे हर शादी में गाती हैं।

"आप इतने तम्बाकू क्यों पीते हैं?" गौहर ने नाक सिकोड़ते हुए पूछा।

"वो... बस ऐसे ही।" रघुवीर ने झेंपते हुए जवाब दिया।

"शहर में लोग अब सिगरेट पीते हैं। तम्बाकू तो पुराने ज़माने की चीज़ है।"

"हाँ, अगली बार जब शहर जाएँगे, तो सिगरेट ले आऊँगा।"

गौहर मुस्कुराई। रघुवीर ने गौहर का हाथ थाम लिया। ठंडे हाथ, रेशमी महीन त्वचा... इतनी नाज़ुक, इतनी कोमल। जब रात गहरी हुई, तभी दरवाज़े पर हल्की सी खटखटाहट हुई। गौहर ने घबराकर रघुवीर की ओर देखा।

"कौन है?" रघुवीर ने दबी आवाज़ में पूछा।

जवाब नहीं आया, सिर्फ एक छाया दरवाज़े के नीचे से दिखाई दी। रघुवीर ने दरवाज़ा खोला तो सामने एक औरत खड़ी थी, घूँघट में ढकी हुई। उसने एक थाली रखी, जिसमें दूध का गिलास और मिठाई थी।

"यह मेरी छोटी बहन सुभद्रा है," रघुवीर ने धीमे से कहा। "घर की देखभाल करती है।" सुभद्रा ने बिना सिर उठाए थाली रख दी और चली गई। गौहर ने देखा, उसकी साड़ी फटी हुई थी और हाथ काले पड़ गए थे।

"इसका चेहरा... क्यों नहीं दिखाती?" गौहर ने पूछा।

"वो बस... उसका चेहरा जला हुआ है, बचपन से ही। कोई हादसा था," रघुवीर ने अपनी नज़रें झुका लीं।

गौहर के मुँह से निकला, "या अल्लाह!"

सुबह हुई। गौहर ने अपनी सास से मिलने के बाद हवेली देखी। एक कोने में उसकी नज़र एक छोटी सी कोठरी पर पड़ी, जिसकी दीवारें काली पड़ चुकी थीं।

"यह किसका कमरा है?" गौहर ने पूछा।

"सुभद्रा का," सास ने बताया। "वो वहीं रहती है।"

"अकेली?"

"हाँ, अकेली। उसका कोई रिश्ता-नाता तो हो नहीं सकता। कौन करेगा शादी उससे?"

गौहर का दिल धड़का। वह चुपचाप अपने कमरे में आ गई। उसने खिड़की से बाहर देखा। सुभद्रा आँगन में पानी डाल रही थी, चुपचाप, बिना आवाज़ के। उसका घूँघट इतना गहरा था कि कुछ दिखाई नहीं दे रहा था।

गौहर को अचानक एक विचार आया। वह तो पढ़ी-लिखी थी। क्यों न वह सुभद्रा की मदद करे? उसे पढ़ाए, कुछ काम सिखाए ताकि वो भी कुछ कर सके?

उसने रघुवीर से इस बारे में बात की।

"रहने दो गौहर," रघुवीर ने कहा।

"वह अपनी किस्मत लेकर आई है। तुम उसमें हाथ मत डालो।"

"लेकिन वह तुम्हारी बहन है!"

"बहन है तो क्या हुआ? जिसका मुँह जला हो उसका तो नसीब भी जला होता है। लोग कहते हैं वह नहूसन है, उसकी नज़र बुरी है।"

गौहर चुप रह गई।

मगर उसके मन में एक विचार उभर रहा था।

धीरे-धीरे दिन बीतने लगे। गौहर ने देखा कि सुभद्रा सुबह से शाम तक काम करती रहती थी। खाना बनाना, कपड़े धोना, घर की सफाई, गायों का दूध दुहना... सारा काम उसी के जिम्मे था। मगर कभी उसकी आवाज़ नहीं सुनाई देती थी, न कोई शिकायत, न कोई माँग।

एक दिन गौहर ने उसे खाना खाते देखा। एक कोने में, अकेले। बचा-खुचा खाना, जिसे कोई नहीं खाता। और खाते वक़्त भी उसका घूँघट नीचे था, जैसे अपने आप से भी शर्म आती हो।

गौहर को दया आई। वह आगे बढ़ी।

"सुभद्रा," गौहर ने धीमे से पुकारा।

सुभद्रा ने सिर उठाया, मगर मुँह नहीं दिखाया।

"क्या मैं तुम्हारे साथ बैठ सकती हूँ?"

सुभद्रा हिली, जैसे उसे यकीन ही न हो कि कोई उसके साथ बैठना चाहता है। वह थोड़ा खिसक गई, जगह बनाने के लिए।

गौहर बैठ गई। "तुम हमेशा अकेले क्यों खाती हो?"

कोई जवाब नहीं।

"तुम्हारा घूँघट हमेशा नीचे क्यों रहता है? मेरे सामने तो उठा सकती हो, मैं भी तो औरत हूँ।"

फिर भी कोई जवाब नहीं।

"क्या मैं..." गौहर ने हाथ बढ़ाया, जैसे घूँघट उठाने के लिए।

सुभद्रा अचानक पीछे हटी और एक तरफ मुड़ गई।

उसकी थाली गिर गई, खाना बिखर गया।

"माफ करना, मैं..." गौहर ने कहा।

पर तब तक सुभद्रा जा चुकी थी, अपनी कोठरी में।

रात को रघुवीर ने पूछा, "तुमने सुभद्रा से बात की?"

"हाँ, मगर वह बात नहीं करती।"

"वह किसी से बात नहीं करती। वह... अलग है।"

"मगर क्यों? क्या वाकई उसका चेहरा इतना... बुरा है?"

रघुवीर ने आहें भरी। "यह एक पुरानी कहानी है। कहते हैं जब वह छोटी थी, तब आग का हादसा हुआ था। उसका आधा चेहरा जल गया। हमारे गाँव में एक अफवाह फैल गई कि यह कोई हादसा नहीं था..."

"तो फिर क्या था?"

"कहते हैं कि... वह नहूसन पैदा हुई थी। उसके जन्म के दिन से ही हमारे घर पर मुसीबतें आने लगीं। फसल ख़राब हुई, मेरे चाचा की मौत हो गई, बाबूजी बीमार पड़ गए। तब किसी ने कहा कि उसके चेहरे पर निशान लगा दिया जाए, ताकि लोग उसे देखकर सावधान रहें।"

गौहर के मुँह से चीख निकल गई। "यह कैसी बर्बरता है?"

तभी बाहर से आवाज़ आई। धनीराम ठाकुर अपने कमरे से बाहर निकले थे।

"बाद में बात करेंगे," रघुवीर ने कहा।

मगर गौहर के दिमाग में अब सवाल उठने लगे थे। वह रात भर सो नहीं पाई।

अगले कुछ महीनों में घर में बदलाव आने लगा। गौहर अब पूरे घर की मालकिन थी। उसने कई नए काम शुरू किए। बागवानी, कढ़ाई, आचार बनाना... वह शहर से सीखकर आई थी।

एक दिन उसने सुभद्रा को अपने पास बुलाया।

"सुभद्रा, मैं तुम्हें कढ़ाई सिखाना चाहती हूँ।" सुभद्रा ने कोई जवाब नहीं दिया।

"देखो, अगर तुम कढ़ाई सीख लोगी तो शायद कुछ पैसे कमा सकोगी। फिर तुम्हें किसी पर निर्भर नहीं रहना पड़ेगा।"

सुभद्रा अब भी चुप थी, मगर उसने गौहर के सामने बैठने के लिए घुटने मोड़ लिए।

गौहर ने मुस्कुरा कर एक कपड़ा और सुई-धागा उसके हाथ में थमा दिया। "देखो, ऐसे करते हैं..."

उस दिन से हर शाम, गौहर और सुभद्रा एक साथ बैठकर कढ़ाई करने लगीं। सुभद्रा के हाथ तेज़ थे। वह बिना देखे, महज आवाज़ सुनकर ही नक्शे बना लेती थी।

गौहर खुश थी। उसने सोचा कि धीरे-धीरे सुभद्रा भी बदल जाएगी, खुल जाएगी। मगर सुभद्रा का घूँघट अब भी उतना ही गहरा था।

फिर एक दिन, गौहर को पता चला कि वह माँ बनने वाली है।

गाँव भर में खुशियाँ फैल गईं। धनीराम ठाकुर का पोता आने वाला था! सभी मिठाइयाँ बाँट रहे थे, औरतें गीत गा रही थीं। चारों ओर जश्न का माहौल था।

मगर सुभद्रा अपनी कोठरी में ही रही। कोई उससे बात करने नहीं आया, कोई उसे खुशखबरी सुनाने नहीं आया।

एक रात, जब वह अपनी कोठरी में सो रही थी, उसे दरवाज़े पर दस्तक सुनाई दी। उसने दरवाज़ा खोला। सामने गौहर खड़ी थी, आँखें लाल, जैसे बहुत रो ली हों।

"क्या मैं अंदर आ सकती हूँ?" गौहर ने पूछा। सुभद्रा ने दरवाज़ा पूरा खोल दिया। गौहर अंदर आई और एक कोने में बैठ गई।

"सुभद्रा, तुम मुझसे नफरत करती हो?" गौहर ने सीधा सवाल किया।

सुभद्रा चुप रही।

"क्यों मेरा बच्चा... मेरा बच्चा..." गौहर रोने लगी।

तब पहली बार गौहर ने सुभद्रा की आवाज़ सुनी। एक धीमी, मखमली आवाज़, जैसे बहुत दूर से आ रही हो।

"मैं समझ नहीं पाई।"

"मेरा गर्भपात हो गया," गौहर ने कहा, और फिर रोने लगी। "और लोग कह रहे हैं... कह रहे हैं कि यह तुम्हारी नज़र का असर है। तुमने मेरे बच्चे को... तुमने मेरे नसीब को..."

सुभद्रा अभी भी खड़ी थी, पत्थर की मूरत की तरह।

"क्या यह सच है?" गौहर चिल्लाई। "क्या तुम वाकई नहूसन हो? क्या तुम्हारी नज़र वाकई बुरी है?"

सुभद्रा धीरे से अपने घूँघट को ऊपर उठाने लगी। पहली बार, गौहर ने उसका चेहरा देखा।

आधा चेहरा जला हुआ था, लाल निशान जो कभी भी ठीक नहीं हो सकता था। मगर दूसरा आधा... दूसरा आधा इतना खूबसूरत था कि गौहर को चकित कर दिया। आँखें गहरी और चमकदार, जैसे उनमें पूरा आकाश समाया हो। नाक नाज़ुक और सीधी। होंठ पतले, मगर मुस्कुरा रहे, जैसे कह रहे हों - "देखो, मैं इतनी भी बुरी नहीं हूँ जितना तुम सोचते हो।"

गौहर की आँखें फटी रह गईं। वह उस चेहरे से नज़र नहीं हटा पा रही थी।

"मैं नहूसन नहीं हूँ," सुभद्रा ने कहा। "बस एक औरत हूँ जिसका चेहरा जला दिया गया था।"

"कौन... किसने जलाया?"

महीने बीतते गए। गौहर दूसरी बार गर्भवती हुई। इस बार पूरा घर सावधान था। विशेष पूजा-पाठ हुए, ताकि कोई बुरी नज़र न लगे।

सुभद्रा से कहा गया कि वह गौहर के आस-पास न आए। उसे गाय दुहने और खेत देखने का काम दिया गया, जो घर से दूर था।

एक दिन, जब गौहर अकेली थी, उसने एक छाया देखी जो उसके कमरे के बाहर खड़ी थी। वह जानती थी, यह सुभद्रा है।

"अंदर आ जाओ," गौहर ने कहा।

सुभद्रा अंदर आई, अपना घूँघट पहने हुए।

"मैं सोचती हूँ," गौहर ने कहा, "कि तुम्हें यहां से जाना चाहिए। शहर में, जहां कोई तुम्हें नहीं जानता।"

सुभद्रा चुप रही।

वहां तुम कढ़ाई का काम कर सकती हो।

तुम्हारे हाथ बहुत अच्छे हैं।

"और यहां? मेरे माँ-बाप? मेरा भाई?"

"वे... वे ठीक रहेंगे। तुम्हारे बिना भी।"

सुभद्रा ने अपना सिर झुकाया, जैसे सोच रही हो। फिर वह मुड़ी और जाने लगी।

"सुभद्रा," गौहर ने पुकारा। "मैं यह तुम्हारे भले के लिए कह रही हूँ।"

सुभद्रा ने पलटकर गौहर को देखा, अपने घूँघट के पीछे से। "मैं जानती हूँ," उसने कहा। "हर कोई सबका भला ही चाहता है।"

एक महीने बाद, गौहर का दूसरा गर्भपात हो गया। इस बार दर्द इतना ज़्यादा था कि वह बिस्तर से उठ ही नहीं पाई। डॉक्टर को बुलाया गया, मगर वे कुछ नहीं कर पाए।

"यह दूसरा गर्भपात है," डॉक्टर ने कहा। "अब शायद बच्चा होना मुश्किल है।"

घर में मातम छा गया। धनीराम ठाकुर ने अपना मुँह नहीं दिखाया। रघुवीर दिन भर शराब पीता रहा।

गौहर की सास ने रात को उसे समझाया, "बहू, यह सब उस नहूसन की वजह से है। तुमने उसे घर में रखा, उससे बात की, उसे कढ़ाई सिखाई। उसने तुम्हारा भी नसीब जला दिया।"

गौहर ने कोई जवाब नहीं दिया। उसकी आँखों के सामने सुभद्रा का जला चेहरा आ रहा था, और उसकी वे गहरी आँखें, जिनमें गुस्सा नहीं, दर्द था।

उस रात, जब सब सो गए, गौहर अपने कमरे से निकली और सीधी सुभद्रा की कोठरी की ओर गई।

सुभद्रा जाग रही थी, जैसे उसे पता था कि कोई आने वाला है।

"तुमने मेरे बच्चे को मार दिया," गौहर ने आरोप लगाया, उसकी आवाज़ में गुस्सा और दर्द था।

सुभद्रा ने अपना घूँघट उठा दिया। उसकी आँखें शांत थीं, जैसे आंधी के बीच का समुद्र। सुभद्रा ने कहा। "जिस घर में इतनी नफरत भरी हो, वहां नई जान कैसे आएगी?

"तुम्हारी नज़र ने, तुम्हारे जले चेहरे ने..."

सुभद्रा का एक हाथ अचानक ऊपर उठा। पहली बार उसके चेहरे पर गुस्सा दिखा। "मेरा चेहरा नहीं जला था," उसने कहा, आवाज़ में एक अजीब सा ठहराव। "उसे जलाया गया था। जानबूझकर। मेरी माँ ने, तुम्हारी सास ने। क्योंकि मैं लड़की थी, और मैं तीसरी थी।"

गौहर अवाक् रह गई।

"देखो," सुभद्रा ने एक मग्गा उठाया, जिसमें कुछ तरल पदार्थ था। "यहां गाय का मूत है। मुझे हर रात इससे अपना चेहरा धोने को कहा जाता है, ताकि शायद मेरा नसीब धुल जाए।"

वह मग्गा गौहर की ओर बढ़ाती है।

"लो, अब तुम धो लो अपना चेहरा। शायद तुम्हारा नसीब भी धुल जाए।"

अंतिम विचार

यह संग्रह उन खामियों की पड़ताल है, जो हमारे जीवन और हमारी पहचान का हिस्सा हैं। इन कहानियों में नायक या खलनायक के रूप में कोई स्पष्ट विभाजन नहीं है, क्योंकि हर इंसान अपने अंदर अच्छाई और बुराई, प्रेम और घृणा, सफलता और असफलता का संतुलन लिए चलता है।

जिन पाठकों ने इन कहानियों के माध्यम से इस यात्रा में हिस्सा लिया है, मैं उन्हें दिल से धन्यवाद देना चाहता हूँ। मेरी आशा है कि यह संग्रह आपको आत्म-विश्लेषण और संवेदनशीलता की ओर प्रेरित करेगा, और आपको अपनी खामियों को समझने और उनसे उभरने की शक्ति देगा।

हर कहानी में, मैंने यह दिखाने की कोशिश की है कि हमारे भीतर की खामियाँ केवल हमारे पतन का कारण नहीं हैं, बल्कि वे हमें बदलने, निखारने और कुछ नया बनाने का अवसर भी देती हैं। इस पुस्तक की यात्रा में शामिल होने के लिए धन्यवाद। उम्मीद है कि आप इन कहानियों को अपने जीवन में कुछ नया और मूल्यवान खोजने के लिए इस्तेमाल करेंगे।

उज्जवल दावना

लेखक के बारे में

उज्ज्वल दावना एक संवेदनशील और विचारशील लेखक हैं, जिनकी कहानियाँ इंसानी मन की गहराइयों और उसकी खामियों की पड़ताल करती हैं। उन्होंने अपने लेखन के माध्यम से मानवीय भावनाओं, कमजोरियों और संघर्षों को शब्दों में पिरोकर प्रस्तुत किया है। उज्ज्वल का मानना है कि इंसान की कमजोरियाँ ही उसकी असली ताकत होती हैं, और यही सोच उनकी कहानियों में गहराई से उभरती है।

लेखन उनके लिए सिर्फ एक अभिव्यक्ति का माध्यम नहीं है, बल्कि यह आत्म-विश्लेषण और व्यक्तिगत विकास का जरिया भी है। उनकी कहानियाँ रोजमर्रा की जिंदगी के आम पात्रों को असामान्य परिस्थितियों में रखते हुए उनके भीतर के संघर्षों और खामियों को उजागर करती हैं।

उज्ज्वल ने लेखन के अलावा शिक्षा और वित्तीय ज्ञान के क्षेत्र में भी सक्रिय रूप से योगदान दिया है। उनके विचारों की सादगी और गहराई पाठकों को न सिर्फ सोचने पर मजबूर करती है, बल्कि उनके जीवन से जुड़ने का अवसर भी प्रदान करती है।

कला-रचना

इस किताब के आवरण का मेरे दिल में एक खास स्थान है, क्योंकि इसे जयश्री बिस्वास ने डिज़ाइन किया है, जो कलाकुंज (@Kalaakunja) नामक एक कला स्टूडियो चलाती हैं, जहाँ वे बच्चों को कला की खूबसूरती सिखाती हैं। उनकी कला से गहरा जुड़ाव और बच्चों को सिखाने का जुनून इस आवरण के हर छोटे-से-छोटे हिस्से में झलकता है। कलाकुंज के माध्यम से वे न सिर्फ नए कलाकारों को आकार देती हैं, बल्कि अपनी अनूठी दृष्टि को भी कला में ढालती हैं, जैसा कि इस आवरण में देखा जा सकता है। यह डिज़ाइन किताब में मौजूद कहानियों के भावनात्मक और मानवीय पहलुओं को बखूबी दर्शाता है। जयश्री की कला की निपुणता और उनकी समर्पणशीलता ने इस आवरण को मेरे लिए और भी खास बना दिया है।

www.ingramcontent.com/pod-product-compliance
Lightning Source LLC
Chambersburg PA
CBHW031131130726
47988CB00006B/2328